高速戦艦「赤城」5

巨艦「オレゴン」

横山信義

Nobuyoshi Yokoyama

C★NOVELS

扉　画　佐藤道明
地図・図版　安達裕章
編集協力　らいとすたっふ

目次

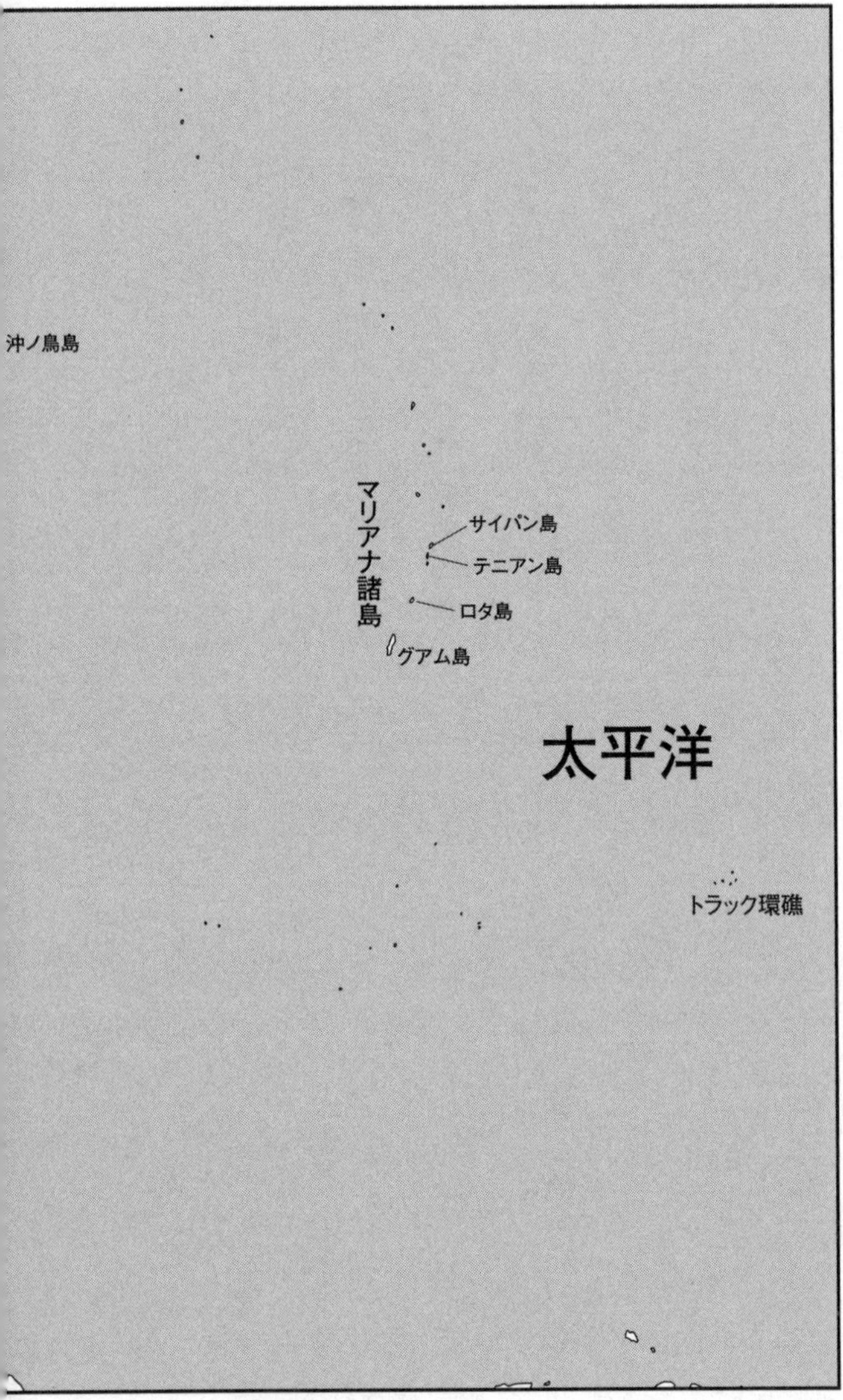

沖ノ鳥島
マリアナ諸島
サイパン島
テニアン島
ロタ島
グアム島
太平洋
トラック環礁

内南洋要域図

沖縄
台北
新竹
台湾
台南
高雄
石垣島
宮古島
西表島
南シナ海
サンティアゴ島
リンガエン湾
ルソン島
マニラ
フィリピン
バターン半島
コレヒドール島
ミンドロ島
サマール島
タクロバン
パラワン島
パナイ島
レイテ島
ネグロス島
パラオ諸島
バベルダオブ島
コロール
ペリリュー島
ミンダナオ島
モロ湾
ダバオ
ボルネオ島
セレベス海
モロタイ島
セレベス島
ハルマヘラ島

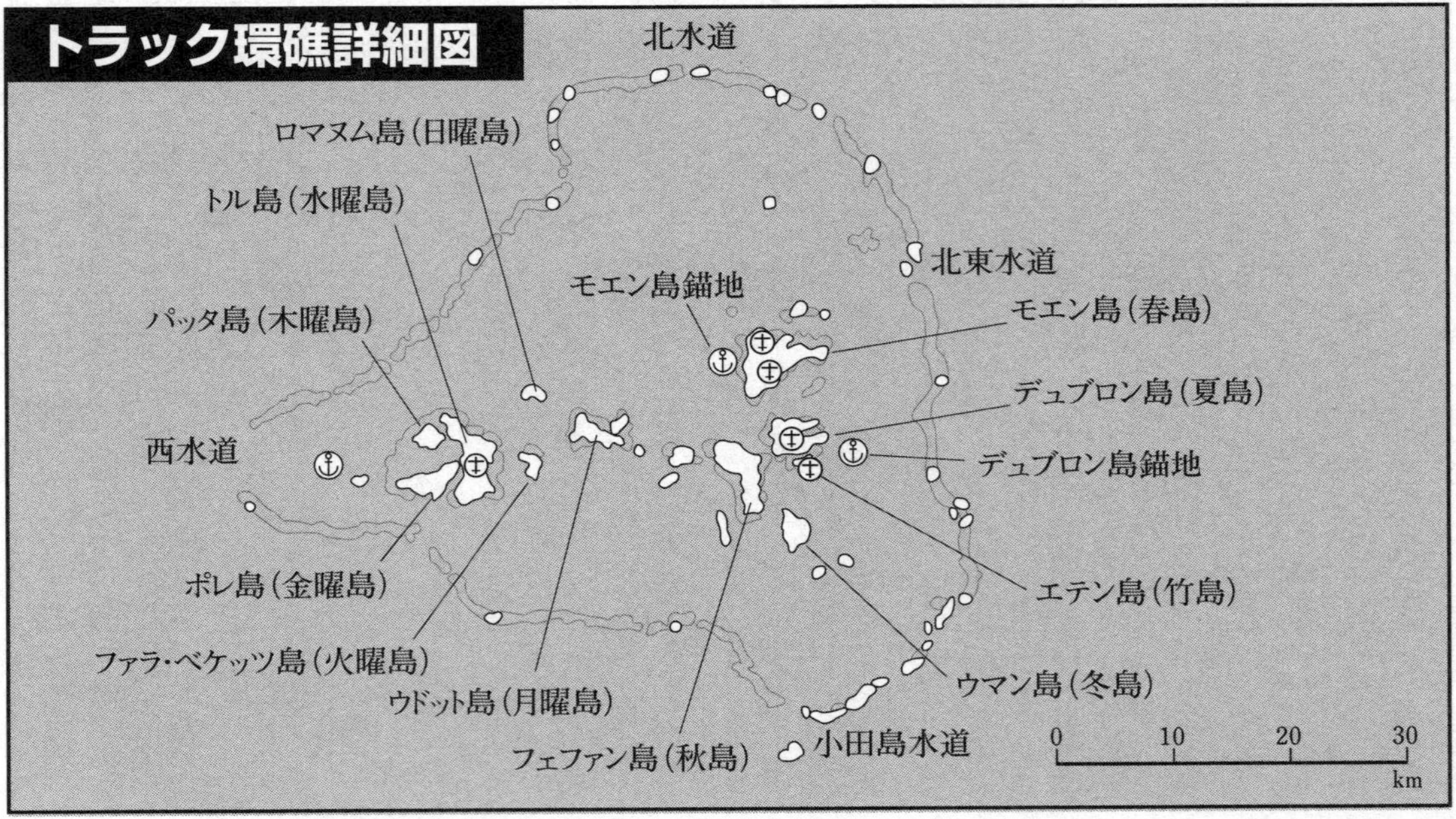

トラック環礁詳細図
北水道
ロマヌム島（日曜島）
トル島（水曜島）
北東水道
モエン島錨地
モエン島（春島）
パッタ島（木曜島）
デュブロン島（夏島）
西水道
デュブロン島錨地
エテン島（竹島）
ポレ島（金曜島）
ファラ・ベケッツ島（火曜島）
ウマン島（冬島）
ウドット島（月曜島）
小田島水道
フェファン島（秋島）
0
10
20
30
km

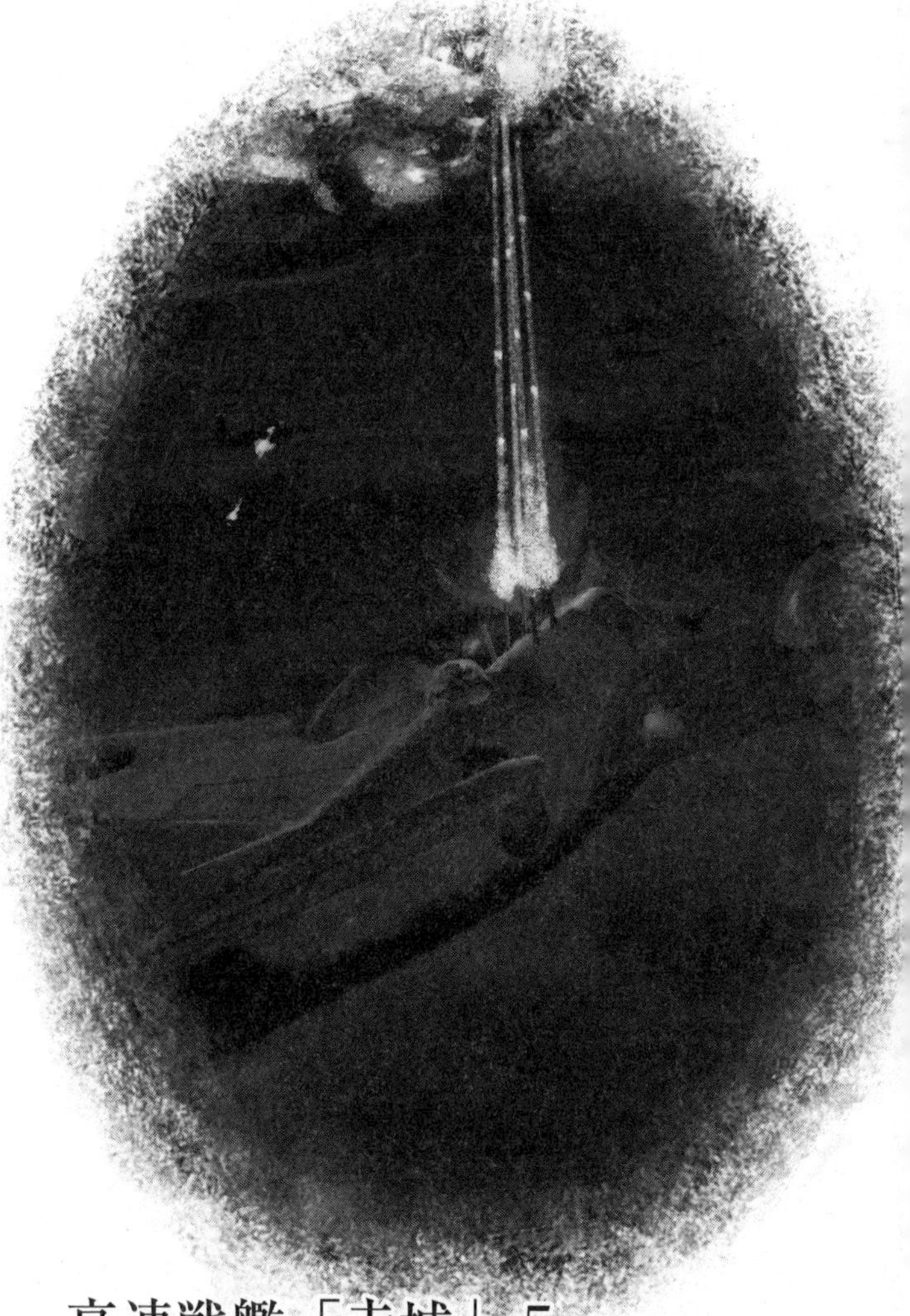

高速戦艦「赤城」5

巨艦「オレゴン」

第一章　夜の天弓（てんきゅう）

1

前方に、青白い光が点滅した。

攻撃隊指揮官機から送られた、オルジス信号灯の光だ。

「目標マデ二〇浬。高度三〇（三〇〇〇メートル）」

と伝えている。

指揮官機が機首を上向け、上昇を開始した。

第一小隊の二番機も、指揮官機に続いた。

「後続機、どうか？」

「三番機、本機に続行中。二小隊以下の各隊も、上昇を開始しました」

二番機の機長と主偵察員を兼任する細田修飛行兵曹長の問いに、上部旋回機銃座を担当する尾藤平吉二等飛行兵曹が答えた。

攻撃隊――第二五航空戦隊に所属する第七〇二航空隊の一式陸上攻撃機四八機は、電探による探知をかわすため、目標の一二〇浬手前で、高度を二〇〇メートルに落としていたのだ。

現在の時刻は二一時二〇分。

月齢一二の月明かりの中、攻撃隊は六分近くをかけ、高度三〇〇〇メートルまで上昇する。

指揮官機から「突撃隊形作レ」と信号が送られた。

爆音が高まり、二番機が増速した。

細田機の役割は攻撃隊を誘導する吊光弾の投下だ。

吊光弾の投下位置が爆撃の成否を決めるため、最も重要な任務と言っていい。

七〇二空は、今年――昭和一八年一月一九日、上位部隊である第二五航空戦隊隷下の各隊と共に、グアム島に移動した。

開戦時は「第六航空隊」と呼ばれていたが、昨年一一月の制度改定で、部隊名が改称されている。

グアム島では、昨年一一月八日に米軍が降伏した後、設営隊が飛行場の整備を進めていた。

だが、トラック環礁から飛来するボーイングB17〝フライング・フォートレス〟に作業を妨害されたため、使用可能とするまでに二ヶ月余りを要したのだ。

七〇二空はグアムへの移動後、サイパン島の第七五三航空隊、テニアン島の第七五二航空隊と共に、トラック環礁への長距離爆撃に参加している。

マリアナ諸島からトラックまでは遠すぎて、戦闘機の護衛を付けられないため、爆撃は敵戦闘機の迎撃がない夜間が主になっている。

この日の任務では、春島にある敵飛行場二箇所のうち、日本軍が「甲二」の呼称を冠した南部の飛行場を叩くことになっていた。

「爆撃手席に入る。操縦をよろしく頼む」

正副二人の操縦員に命じ、細田はコクピットから機首に移動した。

半球型の風防に覆われ、視界はコクピットより格段に広い。ともすれば、夜空の中にただ一人、放り出されたような錯覚に陥る。

細田は、前下方に目を凝らした。

正面から右方にかけて、点々と連なる黒い影が見えた。

前方に見える、比較的大きな島影が、攻撃目標の春島だ。

「左に五度修正」

「左に五度修正。宜候」

細田の指示に、主操縦員の山岡満上等飛行兵曹が復唱を返した。

細田機は、僅かに機首を振った。

春島の北端をかすめ、東に回る針路だ。

「甲二」を攻撃するには、春島の西岸から南岸に回り込む方が近いが、春島の西側にある艦隊錨地には、米太平洋艦隊の戦闘艦艇が、常時二〇隻から三〇隻停泊している。

その真上を通過し、対空砲火を浴びる危険を避けたのだ。

直前まで正面に見えていた春島が、右前方から右正横へと移動する。

「針路一八〇度」

「針路一八〇度。宜候」

細田の新たな指示を受け、山岡が復唱を返す。

一式陸攻が一八〇度、すなわち真南に変針し、春島の東岸沖を南下する針路を取る。

「後続機、どうか？」

「本機に続行中」

「了解した」

山岡の返答を聞き、細田は機体の右方を凝視する。

地上にも、海上にも、発射炎はない。

攻撃隊の姿は、敵の電探に捉えられているはずだが、トラックの米軍は、日本機の侵入に気づいていないかのように沈黙を保っている。

「針路二七〇度！」

頃合いよしと見て、細田は下令した。

「針路二七〇度。宜候！」

山岡が復唱し、一式陸攻が再び右に旋回した。

春島の影が右に見える。

左方にも、春島に劣らぬ大きさを持つ島影がぼんやりと見えている。

開戦前は、トラックの中心となっていた夏島だ。内南洋の警備を担当していた第四艦隊もこの島に司令部を置いていたが、今では米軍の大規模な航空基地が置かれている。

七〇二空の陸攻隊は、春島の南岸上空、三〇〇〇メートルの高度を突き進んでゆく。

右前方に、多数の発射炎が閃いた。

前方に、次々と爆炎が湧き出した。

「始まった！」

細田は、小さく叫んだ。

春島の対空砲陣地が、砲撃を開始したのだ。

「針路、速度共このまま！」

「針路、速度共このまま。宜候！」

細田の指示に、山岡が応答を返す。

細田機は攻撃隊の先頭に立ち、炎と黒煙に向かってゆく。

対空砲火が、俄然激しさを増す。

一度ならず、敵弾が近くで炸裂し、横殴りの爆風が機体を煽る。

かと思えば、弾片が命中したのか、不気味な打撃音が伝わる。

細田の目の前でも一弾が炸裂するが、機体にも爆撃手席にも異常はない。

細田は、ボイコー照準器を覗き込んだ。

激しい対空砲火に妨げられ、飛行場の視認は難しいが、過去の作戦で「甲二」を攻撃したことは何度もある。

そのときの記憶を頼りに、目標を探し求めた。

「あった！」

細田は、前下方に目指すものを見出した。

滑走路らしき直線路が三本、月明かりの下に見える。東西に二本が延び、一本はその二本と斜めに交差している。

細田は吊光弾の投下間隔を設定すると共に、爆弾槽の扉を開いた。

「投下！」

叫び声と共に、投下レバーを引いた。

機首からは死角になるため、吊光弾の光は確認できない。

だが、爆弾槽に搭載して来た一〇発の吊光弾は、二秒間隔で投下されたはずだ。

「尾部銃座より報告。吊光弾の点灯確認」

「了解！」

細田は即答した。

自身の役割は、これで果たした。

敵弾の炸裂が、唐突に止む。

細田機は、春島の上空を通過したのだ。

「左旋回。針路二二五度！」

を、細田は下令した。

針路を南西に取って、島が少ない海面に抜けた後、環礁上空を東から西に突っ切り、環礁の外に脱出するのだ。

「左旋回。針路二三五度。宜候！」

山岡が復唱し、陸攻が左に大きく傾く。

「弾着確認！」

再び、尾部銃座から報告が届いた。

飛行隊長篠崎健二少佐以下の全機が、吊光弾の光に照らされた敵飛行場に投弾したのだ。

「何発が有効弾になるかな」

細田は、口中で呟いた。

七〇二空の陸攻が搭載して来たのは、八〇番三式爆弾。対空・対地射撃用の三式弾を、航空機用の爆弾に改造したものだ。

地上五〇メートルから一〇〇メートルの高さで炸裂し、危害直径約四六〇メートルの範囲内に、焼夷榴散弾約七〇〇発、弾片約二三〇〇発を飛散させる。

トーチカのように堅固な建造物には効果が薄いが、指揮所や倉庫のような防御力の乏しい建造物や駐機中の航空機、対空砲陣地、生身の歩兵といった目標には大きな威力を発揮する。

今回は、敵飛行場に駐機しているB17や基地の付帯設備を主目標とするため、全機が三式爆弾を搭載して来たのだ。

夜間であるため、戦果確認は難しいが、一発でも多くが有効弾となるよう、細田は祈っていた。

「後続機――」

細田が山岡に聞こうとしたとき、出し抜けに左前方から黄白色の光芒が伸びた。

一条だけではない。

何条もの光の柱が、夜空を貫いている。

春島の南に位置する夏島からだ。離脱を図る陸攻に、探照灯の光が向けられている。

その光の中をよぎる影が見えた。

「右上方、敵機！」

細田が叫び、一拍遅れて陸攻が右に機体を傾ける。

横滑りをする格好で、細田機が光芒から外れる。

敵機が姿をさらしたのは一瞬だったが、細田ははっきりと機種を見抜いた。

「篠崎二番より全機へ。敵機はロッキード！」

無線電話機を通じて、全機に警報を送った。

ロッキードP38〝ライトニング〟。今年初めから戦場に姿を現した、双発双胴の重戦闘機だ。

同じ双発機であっても、運動性能、速度性能共に、一式戦闘攻撃機「天弓」よりも優れている。

航続性能も高く、B17の護衛として、グアム上空に飛来することもある。

その機体が、七〇二空の帰路を襲ったのだ。

離脱時には春島の南西に抜けると睨んで、待ち伏せしていたのかもしれない。

「篠崎一番より全機へ。トラックの西に離脱せよ！」

「味方機一機、被弾！」

篠崎少佐の声がレシーバーに響き、次いで胴体上面の機銃座を受け持つ尾藤平吉二飛曹が悲痛な声で報告した。

再び細田機が、光芒に捉えられた。

山岡が回避運動を行っているのだろう、機体が左に、右にと旋回する。

照準を外されたのか、後方から噴き延びる火箭が、翼端付近を通過する。

敵機が二機、細田機の頭上を通過した。

細田は、咄嗟に機首の七・七ミリ旋回機銃を発射したが、細い火箭が敵機を捉えることはない。七・七ミリ弾は、闇の中に消えている。

「山岡、降下だ！」

「了解。降下します！」

復唱が返されるや、機首が押し下げられ、機体が降下に移った。光芒の中、海面がせり上がり、間近に迫る。

降下する細田機の前方から、P38二機が向かって来る。

　P38と手合わせした零戦の搭乗員は「旋回性能が悪く、格闘戦で背後に回るのは容易」と評していたが、それはあくまで零戦と比べてのことだ。機動力は、一式陸攻とは比較にならない。

　P38が、前上方から突っ込んで来た。

　中央に位置するコクピットと二基の太いエンジン・ナセルが目の前に迫った。

　敵機の機首に発射炎が閃く寸前、細田機の機首は更に押し下げられた。

　直後、青白い火箭が真上を通過した。

　P38二機が、続けざまに頭上をよぎる。

　金属的な、甲高い爆音だ。獲物に襲いかからんとする、猛禽の叫び声を思わせる。

　春島の飛行場を焼かれた怒りが、咆哮となってほとばしっているようだった。

「敵一機撃墜！」

　尾藤が、弾んだ声で報告した。

「確かか？」

　細田は、半ば反射的に聞き返した。

　胴体上面の旋回機銃は、威力の大きな二〇ミリだが、命中率が悪い。

　気休め程度だと思っていたが――。

「確実です！」

「了解！」

　細田も、弾んだ声で返答した。

「敵機、右後方！」

　新たな報告がレシーバーに響く。

　残ったP38が僚機の仇を討つべく、追いすがって来たのだ。

　細田機は振り子のように左右に振られ、P38の射弾が翼端やコクピットの脇をかすめる。

　敵機は自らの射弾を追いかけるように、細田機の頭上を通過する。

　一旦距離を置き、反転する。

　撃墜に向けた執念を感じさせる動きだ。

　爆撃機に墜とされたとあっては、戦闘機乗りの沽

アメリカ陸軍 P38E ライトニング

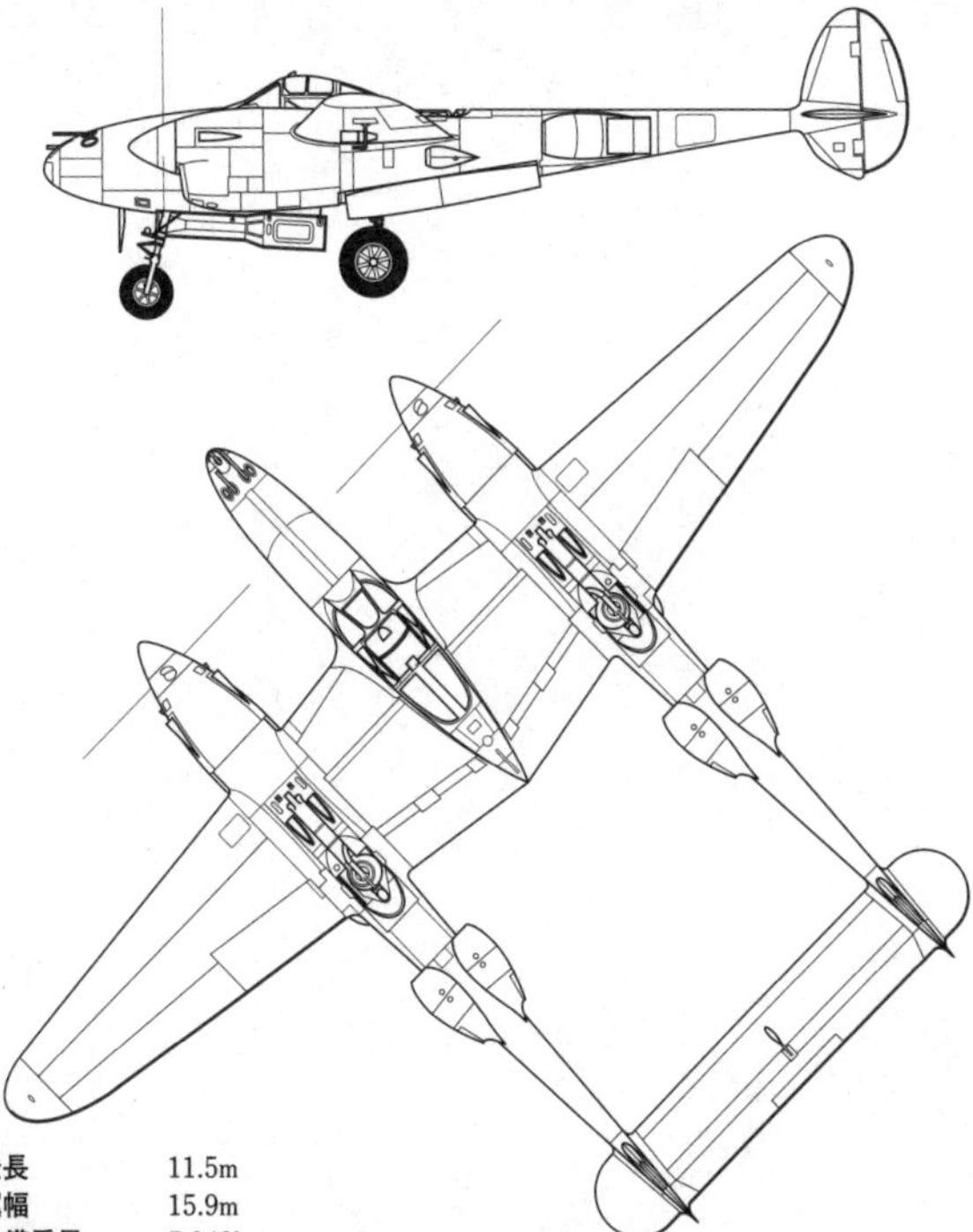

全長	11.5m
翼幅	15.9m
全備重量	7,940kg
発動機	アリソン V1710-27/29 1,150馬力×2基
最大速度	628km/時
兵装	20mm機銃×1丁(機首)
	12.7mm機銃×4丁(機首)
乗員数	1名

ロッキード社が開発した重戦闘機。双発双胴という特徴あるフォルムを持つ。もともとは高高度防空用戦闘機として上昇力と高速度を重視した設計がなされており、格闘戦には不向きであった。日本軍の戦闘機相手にも苦戦する局面が多かったが、高空から急降下で敵機に接近し、一撃を加えて離脱する戦法に変換したことで、一転して大きな戦果を挙げるようになった。航続距離も長いことから、B17爆撃機に随伴する護衛戦闘機としても運用されている。

券に関わるとでも思っているような動きだった。

光芒の中に、Ｐ38の姿が浮かぶ。細田機の正面から仕掛けて来る。真っ向勝負を挑む態勢だ。

細田はＰ38の真正面を目がけ、七・七ミリ旋回機銃を発射した。

ほとんど同時に、Ｐ38も機首に発射炎を閃かせる。七・七ミリ弾の細い火箭と一二・七ミリ弾の太い火箭が交錯する。

敵弾が左方に逸れ、Ｐ38が細田機とすれ違った。

直後、探照灯の光芒が消え、機体の周囲に闇が戻った。

新たな光芒が投げかけられることはない。

細田機は、有効照射距離の範囲外に脱したのだ。

「敵機、追って来ません。本機を見失った模様」

「よし……！」

山岡の報告を受け、細田は安堵の息を漏らした。

細田機は、Ｐ38の猛攻を辛くも切り抜けたのだ。

「篠崎一番より全機へ。西水道の西方五浬地点にて集合、帰投する」

指揮官の声が、レシーバーに響いた。

篠崎機も、離脱に成功したのだ。

「篠崎二番より一番。西水道の西方五浬地点にて集合、了解」

細田は、復唱を返した。

後は、グアムまで帰るだけだ。

2

「敵の位置、アガ岬よりの方位一四〇度、七〇浬。高度三〇」

第五三三航空隊の第二中隊長長瀬充中尉のレシーバーに、飛行長島森司中佐の声が響いた。

五三三空は、グアム島を攻略し、マリアナ諸島全域を日本軍が制圧した直後に編成された、一式戦攻「天弓」の部隊だ。

天弓は敵重爆に対する邀撃戦闘の他、艦船攻撃、敵飛行場への攻撃、陸軍部隊の支援と、多種多様な任務をこなしているが、五三三空は夜間の邀撃戦闘のために編成されている。

　機数は二個中隊一八機と少ないが、夜間飛行を得意とする搭乗員が集まっている。元々（もともと）の天弓搭乗員の他、水上機や飛行艇から転換した搭乗員も含まれる。

　長瀬はそれまで、パラオ諸島バベルダオブ島の第一〇航空隊に所属していたが、中尉昇進と同時に五三三空に異動し、第二中隊長に任ぜられていた。

「永倉（ながくら）一番、了解」

「長瀬一番、了解」

　飛行隊長永倉光安（みつやす）少佐に続いて、長瀬も指揮所に応答を返した。

　第一中隊九機に、長瀬の第二中隊も続く。

　巡航速度の時速三九〇キロを保ち、針路一四〇度、すなわち南東方向に向かってゆく。

　この日は四月一八日。現在の時刻は、二二時五〇分だ。

　月齢は一三。

　満月よりもやや欠けた月は、西の空から柔らかい光を投げかけている。

　夜間戦闘を行うには、悪くない天候だ。

　もっとも五三三空の天弓には、月明かりなどなくとも敵機を捕捉できる機材が装備されていた。

「増山（ますやま）、現在位置は？」

「アガ岬よりの方位一四〇度、四〇浬」

　長瀬の問いに、偵察員席の増山三郎（さぶろう）上等飛行兵曹は即答した。

　一〇空時代から、長瀬とペアを組んでいる部下だ。昨年一一月の制度改定によって下士官、兵の階級呼称が変更されたとき、上飛曹となっている。

「遭遇（そうぐう）まで、五分とかからんな」

　長瀬は、暗算して呟いた。

　彼我（ひが）の距離は三〇浬。

　天弓の巡航速度なら九分足らずだが、五三三空と敵編隊は、互いに向かい合う形で飛んでいる。

五分と経たぬうちに、敵機を捕捉するはずだ。

一分、二分と時間が経過する。

天弓一八機が装備する三菱「火星」三六基の轟々たる爆音が、夜の闇を騒がせる。

敵機はまだ視界に入って来ないが、長瀬は会敵が近いことを感じていた。

二二時五三分、

「永倉一番より全機へ。電探、感有り。敵との距離一四（一四〇〇メートル）！」

永倉機の偵察員を務める服部英吉中尉の声が、レシーバーに入った。

五三三空の装備機は、天弓二二型。

天弓一一型のエンジンを、離昇出力一八〇〇馬力の三菱「火星」二一型に換装し、プロペラを三翅から四翅に変更した機体だ。

最大時速が五〇八キロから五五七キロに向上し、より邀撃戦闘に適した機体となった。

機首には英国より導入した機載用電探を装備し、闇の中でも目標を捉えられる。

「本機の電探にも感有り！　正面上方です！」

続けて、増山の声が飛び込んだ。

長瀬は、前上方を見上げた。

多数の黒い影が、星明かりを遮りながら、五三三空の頭上を通過してゆく。

トラックより発進し、グアムに向かっているB17の編隊だ。

昨日、グアムより出撃した七〇二空の陸攻隊が春島の敵飛行場に夜間爆撃を敢行し、大きな戦果を上げたという。

敵はその報復として、グアムへの夜間爆撃を目論んでいるのかもしれない。

「永倉一番より全機へ。針路三二〇度！　敵機を捕捉次第攻撃開始！」

永倉が、新たな命令を送って来た。

「針路三二〇度。長瀬一番、宜候！」

日本海軍 一式戦闘攻撃機 二二型「天弓夜戦」

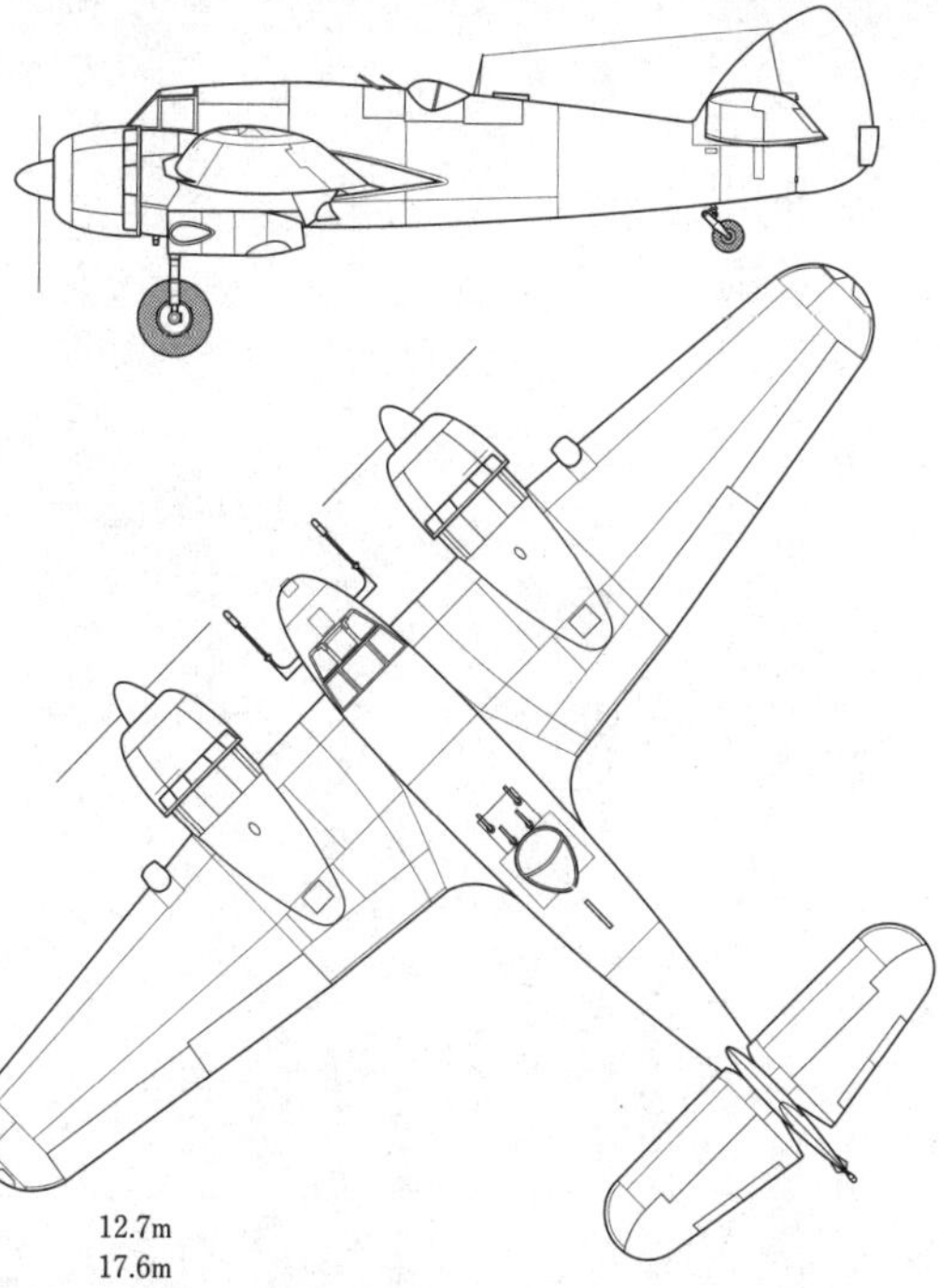

全長	12.7m
翼幅	17.6m
全備重量	11,400kg
発動機	三菱「火星」二一型 1,800馬力×2基
最大速度	557km/時
兵装	20mm機銃×4丁（上方斜め銃）
乗員数	2名

一式戦闘攻撃機「天弓」を、対重爆撃機迎撃に特化した夜間戦闘機に仕上げた機体である。エンジンを、より出力の大きな「火星」二一型に変更。さらに英国より導入した機載電探を装備し、20ミリ機銃４丁を胴体上部に斜め上向きに搭載した。これにより敵機の下腹に潜り込み、速度を合わせて飛行しつつ、射弾を浴びせることができた。英国でもボーファイターに機載電探を搭載し、夜間戦闘機として用いているが、このたび導入された電探は、英本国でも制式採用されていない最新型である。友邦の支援により「電波の眼」を得た天弓は、夜間の防空戦でも大きな戦果を挙げると期待されている。

「長瀬一番より二中隊。俺に続け！」

長瀬は永倉に復唱を返し、次いで二中隊の八機に下令した。

舵輪を左に回して水平旋回をかけ、機首をグアム島の方角に向ける。

機首を上向け、エンジン・スロットルを開いて上昇を開始した。

現在の飛行高度は二八〇〇メートル。敵機との高度差は、約二〇〇メートルだ。

「敵の方位、左一〇度！」

「長瀬一番より二中隊。左に一〇度変針！」

増山の報告を受け、長瀬は全機に命じると同時に、舵輪を左に回した。

不意に、右前方に閃光が走った。

夜空に火焔が躍り、その中に、黒い機影が見えた。

先行する第一中隊が敵機を捕捉し、一機を撃墜したのだ。

閃光は、二度、三度と連続する。

空中に湧き出す火焔は、被弾した機体だけではなく、その近くにいるB17をも照らし出す。

「今度は俺たちだな」

長瀬は、軽く腕を撫でさすった。

B17の梯団まで、距離はほとんどない。星明かりの下、黒々とした巨大な影が見える。

昼間の邀撃戦では、何度も銃火を交えた相手だが、夜には異なった姿に見える。空の要塞というより、闇の中を飛翔する不気味な巨鳥だ。

長瀬は、最後尾に位置する敵機に狙いを定め、後ろ下方から接近した。

「ちょい右」

後席の増山が指示を送る。

以前に搭乗していた天弓一一型では、敵機に対する射撃は操縦員の役目だったが、天弓二二型では、偵察員が射手の役目を務める。

今は、増山が事実上の機長だ。

「ちょい右。宜候」

「行きすぎました。ちょい左」

「ちょい左。宜候」

指示を受ける度、長瀬は舵輪を微調整する。

B17の巨大な機影は、頭上からのしかかるようだ。

「そのまま直進！」

「直進。宜候！」

増山の指示を受け、長瀬は舵輪を中央に固定した。

B17が、更に近づいた。

背後から機銃の連射音が響き、真っ赤な火箭が長瀬の頭上を通過した。

火箭は、B17の三番エンジンに突き刺さった。真っ赤な火焔が躍り、黒い塵状の破片が飛び散った。

炎は急速に拡大する。左主翼を包むと共に、後方になびく。

やがて燃料タンクに引火したのか、巨大な火焔が湧き出し、左主翼がちぎれた。

片方の主翼を失ったB17は大きく傾き、錐揉み状に回転しながら墜落し始めた。


「よし……！」

長瀬は満足の声を上げた。

天弓一一型は二〇ミリ機銃四丁を機首に装備する重武装の機体だったが、二二型では、操縦員席と偵察員席の間に、二〇ミリ機銃四丁を斜め上向きに装備している。

目標の後ろ下方から接近し、並進しつつ、銃撃を浴びせるのだ。

彼我の相対速度が小さいため、命中率は機首の固定機銃より高い。

海軍では、二式陸上偵察機を用いて斜め銃の試験を行い、良好な成績が得られたことから、斜め銃装備の天弓二二型、別名「天弓夜戦」を開発したのだった。

前上方の複数箇所に、発射炎が閃いた。

青白い火箭が右に、左にと振り回され、無数の曳痕が乱れ飛ぶ。敵の射手は闇雲に機銃を振り回し、撃ちまくっているようだ。

闇の中から一撃を喰らい、撃墜された僚機を見て、恐慌状態に陥ったのかもしれない。

右前方に、火焰が湧き出す。

炎の中にB17の機影が浮かび、被弾した巨体が炎と黒煙を引きずりながら、海面に向けて落下する。

「太田一番、一機撃墜！」

レシーバーに、弾んだ声が入る。

第二小隊長太田秀美中尉の機体が、乱射される敵弾をかいくぐり、B17一機を墜としたのだ。

数秒後、今度は左前方に火焰が躍る。

被弾、炎上したB17は、編隊から落伍し、急速に高度を落としてゆく。

「関口一番、一機撃墜！」

今度は、第三小隊長関口和也飛行兵曹長が報告する。

「負けちゃいられんな」

長瀬が呟いたとき、

「敵編隊、乱れます！」

増山が報告した。

敵は編隊を崩し、散開に移ったのだ。密集隊形を組んでいたのでは、一網打尽にされると判断したのかもしれない。

「長瀬一番より二中隊全機へ。僚機の動きに厳重注意！」

長瀬は、部下に注意を与えた。

闇の中の戦闘だ。味方機と衝突する危険もある。

敵機との刺し違えならまだしも、味方同士で衝突したのでは、全くの犬死にだ。

「太田一番、了解！」

「関口一番、了解！」

二人の小隊長から、応答が返される。

「長瀬二、三番、続け！」

長瀬は小隊の二、三番機に下令し、エンジン・スロットルを開いた。

「火星」二一型が力強く咆哮し、天弓の機体をぐいぐいと引っ張る。

機種転換前に乗っていた一一型に比べ、速度感が大きい。Ｂ17の巨大な影が、みるみる迫る。

天弓の影に気づいたのか、尾部と胴体下面に発射炎が閃いた。

青白い火箭が鞭のように振り回され、夜の闇を左右に切り裂く。

開戦時、Ｂ17の防御火器は七・七ミリの小口径機銃だったが、今年に入ってから、火器をブローニングの一二・七ミリ機銃に換装した機体が登場している。防御力が高い天弓といえども、被弾したら無事では済まない。

長瀬は一旦機首を押し下げ、降下した。

Ｂ17の機銃座は、なおも機銃を乱射し続けていたが、ほどなく射撃が止んだ。

そこに、小隊の二番機が喰らいつく。

機銃座が沈黙した隙を衝いて、Ｂ17の胴体下に潜り込む。

Ｂ17の機体から、多数の火花が散った。

二番機が離脱するや、右主翼の中央から炎が噴き出し、急速に拡大した。

鈍い爆発音と共に、右主翼が折れ飛ぶ。

赤黒い爆炎がＢ17の巨体を包み、右の揚力を失った機体が、螺旋状に回転しながら墜落する。

爆発の大きさから見て、燃料タンクを破壊し、引火爆発を起こさせたのかもしれない。

二番機の操縦員岩田栄太郎上等飛行兵曹と偵察員池尻三郎二等飛行兵曹は、水上機からの転換組だ。

五三三空に異動する前は、主に対潜哨戒や近距離索敵に従事していたという。

二人の搭乗員は、あまり経験がないであろう夜間の邀撃戦闘を見事にこなし、Ｂ17を墜としたのだ。

「右二〇度にＢ17の小隊。周囲に味方機なし！」

「目標、右二〇度の敵機。二番、三番、続け！」

増山の新たな情報を受け、長瀬は小隊の二機に命じた。

舵輪を右に回し、敵機の後方に付ける。

エンジン・スロットルを開き、B17群の後ろ下方から追いすがる。

今度は、旋回機銃座からの反撃はない。一個小隊、四機のB17は、沈黙を保っている。

後方から追いすがる三機の天弓を、視認できないのかもしれない。

長瀬は最後尾に位置する機体を、真下から追い抜いた。

その前方に位置する、小隊長機とおぼしき機体の後ろ下方から接近した。

尾部と胴体下面に、発射炎が閃く。

一二・七ミリ機銃の青白い曳痕が左右に振り回され、無数の機銃弾がばら撒(ま)かれる。

先に墜としたB17と同じだ。射手は闇雲に射撃している。機銃を撃っている間は、恐怖から逃れられるのかもしれない。

長瀬は高度を下げ、敵機との間合(まあ)いを取る。

闇雲な機銃の連射が、一時的に止む。

そこを見計(みはか)らって機首を上げ、エンジン・スロットルをフルに開く。

「火星」二一型が猛々(たけだけ)しく咆哮し、長瀬機は一気に目標との距離を詰める。

再びB17の機銃座が撃ち始めたときには、増山が斜め銃を放っている。

天弓の胴体上面から噴き延びた二〇ミリ弾の真っ赤な火箭が、B17の胴体下面に突き刺さる。

火花が飛び散るが、敵機は火を噴かない。

旋回機銃座による反撃はない。

二〇ミリ機銃四丁の一連射は、旋回機銃座に命中したのかもしれない。

「もう一丁(いっちょう)だ、増山！」

「了解！」

増山が返答すると同時に、長瀬の頭上を火箭が通過し、敵機の二番エンジンに命中した。

エンジン・カウリングから炎が噴出し、黒煙が後方になびいた。

Ｂ17は、すぐには墜落する様子を見せなかったが、速力を急速に衰(おとろ)えさせ、編隊の先頭から落伍した。

「長瀬三番より一番。敵一機撃墜！」

「長瀬二番より一番。敵一機撃墜！」

レシーバーに、新たな報告が飛び込む。

長瀬が直率(じきそつ)する第一小隊の戦果は、合計五機だ。

天弓は元々、重爆相手の戦闘に強く、「Ｂ17殺し」とも呼ばれていた。

その天弓を改良し、夜間戦闘に特化させた二三型は、「空の要塞」の異名(いみょう)を持つ巨人機を相手に、一方的と言っていい戦果を上げている。

「増山、残弾はどうだ？」

「各機銃共二四発！」

「長瀬二、三番。残弾数どうか？」

「長瀬二番、残弾二〇発！」

「長瀬三番、残弾三五発！」

確認を求めた長瀬に、次々と報告が返される。

各機とも、あと一機を墜とせるだけの銃弾を残している。

「行くぞ！」

一声叫び、自身と五人の部下に気合(きあ)いを入れたとき、左前下方に爆発光が閃いた。

爆発光は、一箇所だけではない。急速に数を増やしてゆく。

火災が起きているのか、赤い光が揺らめく様(さま)も見える。

「中隊長、アガニア飛行場です！」

増山が叫んだ。

Ｂ17群は、グアム島の飛行場二箇所のうち、西岸の近くに位置するアガニア飛行場に投弾したのだ。

「完全阻止(そし)は無理だったか」

長瀬は舌打ちした。

天弓二三型は夜間邀撃戦でＢ17を多数墜としたが、一八機だけでは、爆撃を食い止めることはできなかったのだ。

「永倉一番より全機へ。アガ岬よりの方位一四〇度、一〇浬地点にて待機」

飛行隊長の命令が、レシーバーに入った。

この日の戦闘は、まだ終わったわけではない。

今度は、敵の帰路を狙うのだ。

「待機地点は、アガ岬よりの方位一四〇度、一〇浬。長瀬一番、了解」

「長瀬一番より二中隊全機へ。俺に続け！」

長瀬は永倉に復唱を返し、次いで二中隊の全機に命じた。

舵輪を回し、待機地点に機首を向けた。

腹の底で、Ｂ17群に言葉を投げかけた。

「生きて帰れると思うな」

3

「貴国は、我が国と日本の戦争をエスカレートさせるおつもりですか？」

アメリカ合衆国駐英大使ジョン・ワイナントは、怒りの感情を露わにして言った。

「そのような非難は心外ですな」

大英帝国首相ウィンストン・チャーチルは落ち着き払った声で、ロンドン・ダウニング街の首相官邸を訪れたアメリカ合衆国政府の代表に、ゆっくりとかぶりを振って見せた。

「貴国が日本との戦争に踏み切って以来、我が国は一貫して、貴国と日本双方に和平を求めて来ましたぞ。太平洋の戦火が終息することを、我が国ほど強く願っている国はないと自負しておりますが」

「ならば、何故日本に最新の技術を供与するのですか？　貴国で開発された技術が、我が国にどれほどの損害をもたらしたか、理解しておられるのですか？」

「日本との盟約に基づいての行動です。盟邦に最良のものを提供するのは、当然のことです」

こともなげに、チャーチルは言った。

日本とアメリカが開戦する以前から、イギリスが日本に提供して来た兵器や技術は多岐に亘る。

ブリストル社が開発した戦闘攻撃機「ボーファイター」、ロールスロイス社が開発した液冷エンジン「マーリン」、高性能の音波探信儀、無線電話機、対空・対水上用のレーダー、航空機搭載用の小型レーダー等だ。

日露戦争の前にイギリスが日本に売却した戦艦「三笠」や「敷島」ほど目立つものではないが、一九四〇年代の戦争には不可欠のものばかりだ。

駐日大使館付海軍武官は、日本軍はこれらを有効活用し、アメリカ軍を大いに苦しめている旨を報告している。

去る四月一八日夜、マリアナ諸島グアム島の上空で行われた空中戦では、レーダー装備のボーファイター——日本名「天弓」が、一晩で数十機のB17を撃墜したという。

アクティヴ・ソナーは駆逐艦や海防艦に装備され、マリアナ諸島やパラオ諸島、日本本土の周辺で、潜水艦の発見・撃沈に貢献している。

「英国製の音波探信儀は、我が国が独自開発したものよりも性能がよい」

といった現場の声が、日本の海軍省から在日大使館に届けられている。

イギリスが日本に供与した技術が、戦場での有用性を実証されたのは喜ぶべきことだ。

メーカーに対するフィードバックも期待できる。

アメリカにとっては、腹立たしいことであろうが——。

「付け加えて申し上げるなら、日本への技術供与は無償ではありません。しかるべき代価を受け取っております。これは、我が大英帝国の兵器メーカーと日本政府の純然たるビジネスです」

「そのビジネスが、戦場で有為の合衆国青年を大勢死なせているのですぞ」

「戦争が技術開発競争の側面を持つことは、貴官も理解しておられるはずです、ミスター・ワイナント。

敵よりも高性能な兵器を入手したいと考えるのは、どこの国の軍も同じです。必要な技術が自国になければ、他国からの入手を図るのは当然です。それとも貴国は、『戦争に必要な技術を外国から買い入れるのはアンフェアだ』とでもお考えでしょうか？　戦時国際法には、『兵器や技術を他国から買い入れてはならない』などという条項は存在しませんが」

　ワイナントは、しばし沈黙した。

　外交交渉によって、イギリスに対日支援を中止させるのは困難、というより、ほぼ不可能であると悟ったのかもしれない。

　しばし、両肩を大きく上下させ、荒い息を吐いていた。

「貴国も、疲弊しているのではありませんか？」

　チャーチルは、穏やかな声で聞いた。

「強力なアジア艦隊をフィリピンに進出させ、太平洋艦隊を中部太平洋に前進させれば、日本はひとたまりもなく手を上げると見通しを立てていた。ところが日本軍は思いの外頑強であり、アメリカ軍は多数の艦艇や航空機、将兵を失った。戦闘における損害だけならまだしも、フィリピン、グアムは日本軍の占領下に置かれる有様です。局外にある国からは、日本が優勢に見えますが」

「疲弊している、と言われるほどのダメージは受けておりません」

　何を馬鹿なことを——そう言いたげに、ワイナントはかぶりを振った。

「我が国と日本では、国力が違います。思いがけない反撃を受け、多少手こずることはありましたが、合衆国軍が致命的な打撃を受けたわけでも、現政府が倒れたわけでもありません」

「三九年前、当時の駐イギリス・ロシア大使が、貴官と同じことを言っていたそうですよ。『ロシアと日本では、国力が違う。満州の地上戦や黄海の海戦で多少の被害を受けはしたが、我が国にとって致命傷になるわけではない』と。私には、現在の貴国が当時のロシアと同じ過ちを犯しているように見えてならないのです」

「我が国とロシアでは、政治体制も、国内事情も違います。合衆国には皇帝はおりませんし、特権階級に対する怨嗟の声が渦巻いているわけでもありません」

「我が国の駐アメリカ大使から、貴国の国内事情について、報告が届いておりますぞ。国民や報道機関、更には民主党内部の非主流派からも、ルーズベルト（フランクリン・デラノ・ルーズベルト。アメリカ合衆国大統領）政権に対する厳しい批判の声が上がっている、と」

　ワシントンのイギリス大使館からは、定期的にルーズベルト政権に対する支持率の推移が報告されている。

　対日開戦の直後は、支持率が大幅に上がったものの、その後は漸減傾向にあるとのことだ。

　特に、フィリピン、グアムが陥落した直後の落ち込みが大きかったという。

　開戦以前からの合衆国領の喪失という事態は、アメリカの国威に関わるだけに、政権への支持率に及ぼす影響も大きかったのだろう。

　現在は野党となっている共和党は、議会で現政権の責任を厳しく追及しており、大統領の退陣を要求する声もある。

　ルーズベルトは来年秋に予定されている大統領選挙で、アメリカ史上初となる四選を目指しているが、民主党内では「ルーズベルトでは、選挙に勝てない」との主張が有力になりつつある。

　ワイナントが言った通り、日本に対する相次ぐ敗北が、アメリカの根幹を揺るがすことはない。

　だが、現政権に対しては、深刻な打撃を与えているのだ。

　チャーチルは、言葉を続けた。

「グアム島の陥落後、戦争は膠着状態に陥っていますが、その状況下でも貴国の未来を担うべき青壮年が次々と犠牲になっています。貴官も先ほど、有為の合衆国青年の犠牲を憂慮しておられましたが、貴国の議会にも、国民の間にも、これ以上合衆国の若人を死なせたくないとの声が少なくないと聞き及びます。不本意ではあっても、勇気ある決断に踏み切るべきではありませんか？」

「勇気ある決断とは、貴国の調停による和平を意味しているのでしょうな」

ワイナントは、皮肉げに笑った。チャーチルの言葉を、予期していたようだった。

「我が国だけではありません。フランスも、調停役を申し出ております」

「どちらも、日本寄りの立場を取っているではありませんか」

呆れかえったような口調で、ワイナントは言った。話にならぬ、と言いたげだった。

「大国同士の戦争となれば、調停役にも国際社会における発言力が求められます。我が国やフランスと同等以上の発言力を持つ国がありますか？」

日本やアメリカに影響力を行使し得る国は、我が国とフランスだけだ、とチャーチルは考えている。

先の世界大戦前、ヨーロッパに君臨したドイツ帝国、オーストリア＝ハンガリー連合帝国は、今や見る影もない。

イタリアは列強の一員に名を連ねているが、影響力はイギリス、フランスほどではない。

ロシアは旧ソ連の共産党政権を打倒した後の混乱から回復しておらず、国内のことだけで精一杯だ。

調停役を担えるのは、イギリス、フランスのみとなる。

「我が国は日本と同盟関係にありますが、講和会議が開催された場合には、極力公平・中立の立場を心がけると約束します。これはフランスも同様でしょう。我が国とフランスを、信用していただけませんか？」

「貴国やフランスを信用していないわけではありま

せんが、当の日本が態度を変えない以上、我が国の意志も変わりません。首相閣下は先ほど、『戦争は日本が優勢だ』と言われましたが、時が来れば状況は変わります。遠くない未来に、合衆国は日本を圧倒し、完膚なきまでに叩きのめします。いずれ勝てると分かっている戦争を、今の時点で放り出すのは、愚かな振る舞いというべきでしょう」

「それまでに、大勢の人命が失われますぞ」

「合衆国は、必要とあらば犠牲を厭わぬ国です。そのことは、貴国も御存知と考えますが」

「……致し方がありませんな」

　徒労感を覚えながら、チャーチルは言った。

　アメリカ大使との会談は、いつも同じだ。堂々巡りを繰り返すばかりだ、と腹の底で呟いた。

「私が先ほど申し上げた言葉は、大統領閣下にお伝えいただきたい。『講和会議が開催された場合、我が国は極力公平・中立の立場を心がける』と」

　ワイナントとの会談が終わってから一時間後、海軍軍令部長アンドリュー・カニンガム大将がチャーチルの下を訪れた。

　今年三月まで、軍令部長はダドリー・パウンド元帥が務めていたが、健康上の理由で退任し、地中海艦隊司令長官の職にあったカニンガムが後任となったのだ。

　前職は地中海におけるイギリスの権益維持が任務であり、太平洋の事情には疎いかと思われたが、カニンガムは独自に情報を収集しており、日米戦争の状況についても、一通りの知識を持っていた。

「アメリカに、対日講和の意志はない」

　カニンガムがソファに腰を下ろすなり、チャーチルは一時間前の会談結果について話した。

「日本を徹底的に叩きのめし、日本政府を屈服させるつもりなのだ。ワイナント大使の言葉からは、その姿勢しか読み取れなかった」

「日本政府は、フィリピンとグアムが陥落したところで、アメリカ政府の権威が失墜することを期待していたようですが」

「多少の効果はあったようだ。現にワシントンの我が国大使館は、グアム島の陥落後、ルーズベルト政権に対する支持率が低下した旨を伝えて来ている。ただ、その効果は、政権に退陣を迫るほどのものではなかったようだ」

「グアムは戦略上の要地ではありますが、先にアメリカが失ったフィリピンに比べれば、遥かに小さな島です。アメリカ政府に打撃を与えるには、インパクトが小さすぎたのでしょう。あるいは、フィリピン、グアムを容易に奪回できると考えているのかもしれません。アメリカ海軍は、昨年から今年にかけて就役した新鋭艦に、相当な自信を持っていますから」

「どのような艦だ?」

チャーチルは、上半身を乗り出した。

アメリカはイギリスにとっても、仮想敵国なのだ。仮想敵国の情報は、細大漏らさず把握しておく必要がある。

「昨年一一月、『オレゴン』という戦艦が就役しました。詳しい性能は判明しておりませんが、重要な情報として、同艦の最大幅は一二五フィート（約三八メートル）と判明しております」

カニンガムの言葉の意味を、チャーチルは即座に悟った。

「パナマ運河の通過を断念したということか」

「おっしゃる通りです」

従来、アメリカ海軍の軍艦には、「パナマ運河の通行が可能なこと」という制約が課されており、最大幅を一〇八フィート（約三三メートル）に制限されていた。

必然的に、主砲の口径も制限され、四〇センチが上限とされていたのだ。

だが、その制約を無視したとなれば、主砲の口径には制限がなくなる。

　四〇センチを上回る巨砲であっても、装備が可能となるのだ。

「兵装は？」

「機密保持が厳重であるため、現時点では、ワシントンの海軍武官も情報を入手しておりません。判明次第、知らせるようにと伝えてあります」

「その『オレゴン』も、日本海軍の航空機には勝てないのではないかね？　航空機が戦艦に対して優位に立てることは、既に実証されているぞ」

　チャーチルは、肝心なことを聞いた。

　航空機が単独で戦艦を撃沈した戦例は、まだないが、航空機の攻撃で戦艦の砲撃に不可欠のレーダーや測距儀を破壊できることは実証されている。

「『オレゴン』が四〇センチを上回る主砲を装備していても、航空攻撃によって無力化されるのではないか」

「『オレゴン』と共に、新しい空母も竣工しております。一番艦は『エセックス』という艦名で、大きさは在来のヨークタウン級を上回り、一〇〇機以上の艦上機を運用できる、とのことです。同級は、既に三隻が完成しており、ハワイで乗員や艦上機搭乗員の訓練が始まっているそうです」

「日本海軍には、多数の空母がある。エセックス級がいかに新しいといっても、三隻では対抗が難しいと考えるが」

「アメリカ軍は、何か策を考えているようです。詳細は、ワシントンの武官も突き止められておりませんが」

　チャーチルは、しばし沈黙した。

　先ほどの会談で、ワイナントが強気だった理由も頷ける。

　アメリカ軍は新鋭艦の戦力化を待って、新たな攻勢をかけるつもりなのだ。

　それまでは、トラック環礁からの長距離爆撃によって、日本軍の動きを抑え込むつもりなのだろう。

「『オレゴン』や『エセックス』が戦力化されるのはいつだろうか?」

「軍艦とは、大きくなればなるほど、乗員が習熟するまでに時間を要します。『オレゴン』のような巨艦ともなれば、どれほど急いでも半年はかかるでしょう。『エセックス』なら三ヶ月程度と見ます。ただ、アメリカは慎重に事を進める国です。私の見積もりよりも、一、二ヶ月程度は訓練期間を長く取るでしょう」

「竣工から八ヶ月として、今年の七月か。三ヶ月後だな」

　チャーチルは、しばし瞑目した。

　見たこともない巨大戦艦が巨砲を振り立て、咆哮する様が脳裏に浮かんだ。

「ミスター・カニンガム、東京の海軍武官を通じて、日本海軍に知らせてやってくれ。多数の新鋭艦を擁したアメリカ軍の攻勢が七月より始まる、と」

第二章　井上成美の献策

1

五月一一日、東京・霞ケ関の海軍省は、新しい次官を迎えた。

「申告します。海軍中将井上成美、海軍次官を拝命し、只今着任いたしました」

「待っていた。今の時期、貴官を新任の次官に迎えられたことは、千軍万馬を得る思いだ」

直立不動の姿勢を取って敬礼した井上に、海軍大臣吉田善吾大将は笑顔で答礼を返した。

「戦況や外交交渉の結果につきましては、江田島の校長室にも情報が届いております」

吉田の真向かいに腰を下ろしながら、井上は言った。

開戦時、井上は第四艦隊司令長官の職にあったが、フィリピンを巡る戦いの終結後、海軍兵学校長に任ぜられている。

井上はトラック環礁が陥落したとき、在泊艦船や同地の航空隊をいち早く脱出させて被害を最小限に抑え、パラオ沖海戦では基地航空隊を指揮して米アジア艦隊に損害を与えるなど、前線指揮官としても非凡な手腕を持つことを実証した。

その井上を後方での勤務に就けるのは惜しいという声もあったが、吉田は、

「井上の本領は軍政にある。時が来たら、中央で手腕を発揮して貰うつもりだ」

と主張し、海軍兵学校長に任じたのだ。

井上は江田島で、将来の海軍を背負って立つ若人の育成に励む一方、海軍省や軍令部、連合艦隊司令部から、情報を取り寄せている。

日本軍がグアム島を陥落させてから半年余り、戦線が膠着状態にあることも、中立国で行われている日米の和平交渉がはかばかしい成果を上げていないことも、井上は知悉していた。

「残念ではあるが、現状では、講和のきっかけを摑

めていない」

　吉田は、重苦しい口調で言った。

「海軍部内にも、政府にも、『フィリピン、グアムの攻略が講和のきっかけになるのではないか』との見通しがあった。現実には、米国は態度を硬化させるばかりだ」

「フィリピンにせよ、グアムにせよ、米本土から見れば遠隔地です。米政府にとっても、米国民にとっても、さほど切実には感じられなかったと考えます。局地的に戦勢が不利になったため、一時的に海外の領土を明け渡したという程度の認識ではないでしょうか？」

「見込み違いだった、ということか」

「米国は敵国です。こちらの都合のいいように動くという考えは、甘過ぎると言わざるを得ません」

「はっきり言うな。米内総理（米内光政。内閣総理大臣）や山本（山本五十六。連合艦隊司令長官）は、君のことを海軍一の硬骨漢だと評していたが、私が想像していた以上だ」

　吉田は苦笑した。

「沈黙しての後悔よりは、言うべきことを言った上で後悔する方がましですから」

「話を戻すが、我々の課題は二つある。第一に、米国を和平交渉の場に引っ張り出すこと。第二に国内、特に主戦派の動きを抑えることだ」

　現在米国とは、中立国の大使館や公使館が接触を持ち、水面下で交渉を進めているが、条件面での歩み寄りは見られない。

　正規の和平会談を開きたくとも、そのきっかけさえ摑めていないのが現状だ。

「米側が我が国に突きつけている条件は、フィリピン、グアムの返還は無論のことだが、他に南洋諸島の放棄、満州国の解体、軍備の大幅な縮小だ。軍備の縮小については米国の監視の下で、との条件も付けている」

「我が国を、先の大戦終了後のドイツと同じ立場に置きたい、というのが米国の狙いでしょうな」

井上は言った。

ドイツは先の大戦終了後、国外に有していた植民地を全て奪われ、軍備の大幅な縮小を強いられた。のみならず、巨額の戦時賠償金を課され、国民は貧窮に喘ぐこととなった。

現在、ドイツは欧州の最貧国であり、かつてのような強国としての復活など思いもよらない。

英仏といった大国のみならず、ポーランド、チェコスロバキアといった中小の国々による侵略にさえ怯えている有様だ。

連合国、特に英仏両国は、ドイツが二度と自分たちを脅かすことがないよう、徹底的に弱体化させたのだ。

米国の日本に対する態度も、それと同じだ。

日本から、海外領土も軍備も奪い、二度と米国に反抗できないようにしたいというのが、米政府の望みであろう。

これに対し、日本が出している条件は、日本がフイリピン、グアムを、米国はトラック、マーシャルをそれぞれ返還する。その上で、日本は満州の門戸開放に応じるというものだ。

日本政府としては、相当に譲歩したつもりであろうが、米国に通用するものではなかった。

「満州国の解体は、止むを得ますまい。元々が、関東軍の暴走によって誕生した国家です。建国に大義はなく、満州が自主的に独立した国家であるという我が国の主張も、国際連盟で四二対一という大差で否決されたのです。ここは非を認め、米国の要求を呑むべきではないでしょうか？」

「山本が米内総理と会談されたとき、貴官と同じことを言ったそうだ。総理御自身は、『個人としては賛成だが、首相の立場としてはそうもゆかぬ』と答えられたそうだが」

「総理のお立場からすれば、そう言わざるを得ないでしょうな」

井上は頷いた。

満州国の解体となれば、陸軍と一般国民から激しい反発があるはずだ。

最悪の場合、叛乱や暴動の発生も懸念される。

日米講和に向けて国内をまとめるに当たり、満州の存在が難点になりそうだ。

だが、満州のために日本そのものが犠牲になったのでは、本末転倒だ。

身を挺してでも、陸軍や国民を説得しなければなるまい、と井上は考えていた。

「南洋諸島についてですが、マーシャル、トラック、パラオを手放し、マリアナ諸島を非武装地域とする、との条件を付けてはいかがでしょうか？　こちらは、海軍部内の反発が予想されますが」

「随分と思い切った譲歩案だな」

「四艦隊の長官を務めているときに実感しましたが、南洋諸島の存在は、国防上の負担が大き過ぎます」

マーシャル、トラック、パラオ、マリアナは、互いに距離が離れ過ぎており、相互支援ができない。

日本には、これら全ての拠点に充分な守備兵力を配置できるだけの国力はなく、防衛態勢は中途半端なものとならざるを得ない。

開戦劈頭、マーシャル、トラックがあっさり陥落したのも、守備兵力不足が原因だ。

ならば、防衛線を小笠原、台湾あたりまで下げて、戦力の密度を高めた方がよい。

「マリアナを非武装地域とする、というのは何故かね？」

「同地が、直接我が国の死命を制する地になり得るからです」

現在米国では、B17の後継機となる四発重爆撃機の開発が進められている。

中立国経由で入手した情報によれば、あらゆる性能でB17を大きく上回り、特に航続距離は二八〇〇浬に達するという。

これは、サイパン、テニアン、グアムの各島から、日本本土まで往復できる性能だ。

対米講和の中に、グアムの返還という条件は必ず入って来るであろうが、日本の生命線を米国に握られないためにも、非武装地域とする、という条件は不可欠なのだ。

吉田は、しばし沈黙した。

ハンカチを取り出し、額の汗を拭った。

顔色が、幾分か青ざめている。

B17よりも巨大な重爆撃機が、大挙して日本本土の上空に来襲し、東京や大阪や名古屋に爆弾の雨を降らせる光景を思い描いたのかもしれない。

「絶対に譲れぬ一線だな。よく分かった」

数秒間の沈黙の末に、吉田は頷いた。

「しかし……満州国や南洋諸島で譲歩するにしても、米国を交渉の場に引っ張り出さねば、どうにもならぬ。国内の反対派の説得も必要だ。内憂外患の見本のような状況だな」

吉田は、胃のあたりを軽く押さえた。

戦時における海軍大臣は、凄まじい重圧に耐えねばならない。

国家に捧げた身とはいえ、これほどの苦労を強いられるとは——そんな心身の疲労が見て取れた。

「内憂と外患を、いちどきに片付ける方法が一つあります」

井上には、江田島にいた頃から考えていた策があった。

「どのような方法かね？」

身を乗り出した吉田に、井上は微笑して答えた。

「山本長官に、第二の東郷元帥（東郷平八郎元帥。日露戦争時の連合艦隊司令長官）になっていただきます」

2

アメリカ合衆国太平洋艦隊司令長官ハズバンド・E・キンメル大将は、新たな旗艦に定めた戦艦「ニユーハンプシャー」の長官公室から、トラック環礁のモエン島錨地に居並ぶ太平洋艦隊の主力艦艇を見渡していた。

キンメルの旗艦の近くには、中央に尖塔のような艦橋を持ち、三連装の主砲塔三基を艦の前後に配置した戦艦二隻が停泊している。

ニューヨーク軍縮条約が明けた後、合衆国が最初に竣工させた新鋭戦艦アラバマ級だ。キンメルの旗艦「ニューハンプシャー」は、その三番艦に当たる。

二番艦の「オハイオ」は、一昨年一一月一九日のバベルダオブ沖海戦（パラオ沖海戦の米側公称）で沈んだが、一番艦の「アラバマ」は健在だ。

同海戦で大きな損傷を受け、多数の戦死傷者を出したが、今は修理と乗員の補充を終え、戦列に復帰した。

「アラバマ」「ニューハンプシャー」に四番艦「メイン」を加えて、第七戦艦戦隊を編成している。

BD7よりも少し離れた場所に停泊している三隻は、レキシントン級の巡洋戦艦だ。

サウス・ダコタ級戦艦と同じく、一九一六年度の建艦計画「ダニエルズ・プラン」によって六隻が建造された。

昨年四月二五日のマッピ岬沖海戦（サイパン沖海戦の米側公称）で、「レキシントン」「レンジャー」「コンスティチューション」が沈み、「コンステレーション」が損傷したが、現在は修理を完了している。

艦の中央に屹立する二本の籠マストは、ともすれば古めかしく見えるが、レーダーを始めとする電測兵器や通信機器は、最新のものを装備している。

連装四基八門を装備する五〇口径四〇センチ主砲は、今や合衆国戦艦の標準とも呼ぶべき砲であり、信頼性が高い。

最高速度三三・三ノットは、合衆国の戦艦、巡戦の中で最速を誇っている。

新旧合わせた六隻の戦艦、巡洋戦艦は、開戦以来多くの軍艦が戦没する中にあって、今なお衰えない合衆国海軍の勢威を示している。

これら六隻以上に頼もしい存在が、ＢＤ７と並んで停泊する巨艦だ。

塔状の艦橋と、その後ろに並ぶ二本の煙突は、アラバマ級のそれを踏襲したように見える。

主砲塔は前後に二基ずつ、背負い式に配置する。

一見すると、アラバマ級の主砲塔を一基増やしただけのように見える。

だが、艦体はアラバマ級のそれより一回り大きい。

二九六メートルの全長は、アラバマ級のそれを六〇メートル以上上回り、三八メートルの最大幅は、アラバマ級の一五パーセント増しだ。

この艦に比べると、アラバマ級などは巡洋艦程度の大きさに見える。

主砲はアラバマ級と同じく五〇口径四〇センチ砲だが、三連装と四連装を混載しており、一四門を装備する。

合衆国海軍最大にして最強の新鋭戦艦「オレゴン」が、キンメルの指揮下に加わったのだった。

戦艦、巡洋戦艦合計七隻の護衛を務めるのは、巡洋艦六隻、駆逐艦三二隻だ。

巡洋艦のうち二隻は二〇センチ砲装備の重巡、四隻は昨年より竣工が始まった新鋭軽巡クリーブランド級だ。

対空火力に重点を置いた艦で、戦艦の護衛に最適との評を受けている。

駆逐艦も、新鋭のフレッチャー級が三分の二を占め、残りの半数はフレッチャー級に次いで新しいリヴァモア級、ベンソン級が占めている。

これらが、キンメルが直率する第二一任務部隊の所属艦だ。

他に、空母機動部隊である第二三任務部隊、旧式戦艦を中心に編成され、現在はマーシャル諸島のクエゼリン環礁にいる第二六任務部隊が太平洋艦隊の指揮下にある。

開戦時の太平洋艦隊に比べると、軍艦、特に主力となる戦艦の数は、大きく減少したように見える。

だが、戦力の過半を新鋭艦が占めている今、実質的な戦力は以前よりも格段に向上していた。

「旗艦の変更は、なさらないのですか？『オレゴン』は通信機器も最新のものを装備しており、太平洋艦隊の旗艦としては、十二分の性能を有していますが」

参謀長ウィリアム・スミス少将が聞いた。

現在の旗艦「ニューハンプシャー」は、通信設備が充実しており、太平洋艦隊旗艦としては充分な性能を持つが、「オレゴン」に比べると見劣りする。

合衆国海軍の中でも、最大の戦力を有する太平洋艦隊の旗艦として、相応しい艦ではないように思われたが――。

「『オレゴン』が優れた艦であることは分かっているが、戦場では目立ちすぎる。『ニューハンプシャー』の方が、敵の攻撃を受ける危険が少なく、最後まで指揮能力を維持できる」

キンメルは答えた。

トラックに到着したばかりの「オレゴン」を視察したとき、キンメルはすぐにでも旗艦を「オレゴン」に変更したいとの衝動に駆られた。

自ら世界最強の巨艦に乗り、陣頭指揮を執って、日本海軍を蹴散らしたいと願ったのだ。

だがキンメルは、その考えを捨てた。

艦隊の旗艦に何よりも重要なのは、通信性能だ。設備が優れているだけではなく、最後まで通信能力が維持されていなければならない。

それを考えれば、「オレゴン」よりも目立ち難い艦を旗艦とする方が賢明だ。

世界最強の防御力を誇る「オレゴン」も、通信アンテナにまで防御装甲が施されているわけではないからだ。

「艦隊の総指揮官が最強の戦艦に座乗し、陣頭指揮を執るというのは、二〇世紀初頭の海戦のやり方だ。通信施設が充実しているなら、モエン島やデュブロン島に司令部を移し、陸上から指揮を執ってもいいとさえ思っている」

「太平洋艦隊の司令部は、チェスのプレーヤーのようなものですからな。軍艦や航空機を駒として動かし、対戦相手を打倒するのが、司令部の役割です」

首席参謀チャールズ・マックモリス大佐の言葉に、キンメルは応えた。

「首席参謀の考え方は間違いではないが、駒の一つ一つに数百名、艦によっては数千名のクルーが乗艦している。そのことは、忘れてはならぬ」

軍艦の乗員も合衆国の国民であり、一人一人が故郷に家族を残して出征して来た身だ。

それだけではない。

新人に訓練を積ませ、一人前の軍艦乗りに仕立てるまでには、巨額の予算と数年間の時間を要する。佐官であれば一〇年以上、将官であれば二〇年近くの歳月が必要だ。

巨大な国力を誇る合衆国といえども、人材については、工場に増産を指令して出来上がってくるというものではない。

そのことを考えれば、人材を粗末に扱うなど、許されることではない。

軍艦や航空機は「単位」として考えられるが、そのクルーは無機的な存在ではないのだ、とキンメルは考えていた。

「戦艦や巡洋艦についてはTF21だけで充分と考えますが、問題は空ですな」

マックモリスが、「オレゴン」と並んで錨泊している三隻の空母にちらと視線を投げた。

昨年末から次々と竣工している新鋭空母のエセックス級だ。

全長、全幅とも、ヨークタウン級より一回り大きく、艦橋が前後に長い。

空母は、それ自体が戦うための軍艦ではないが、いかにも強そうな外観を持っている。

搭載機数は、艦上機隊の編成によって変化するが、最大で一一〇機の運用が可能とされている。

　現在までに四隻が竣工し、この八月には五隻目が竣工する予定だが、慣熟（かんじゅく）訓練を終了し、艦隊に編入されたのは三隻だ。

　作戦本部は、エセックス級全艦を太平洋艦隊に配備すると決定しており、従来機動部隊の主力を務めていたヨークタウン級は、大西洋に回していた。

「エセックス級は高性能な空母ですが、三隻だけでは足りません。日本軍は正規空母だけでも一〇隻以上を擁しており、次の作戦では、その全てを投入して来る可能性があります」

「空母同士の戦いをするつもりはない。次の作戦では、日本軍をトラックに引きつけて戦うつもりだ。エセックス級は、海兵隊航空部隊共々（ともども）、ＴＦ21の護衛を務めて貰う」

　キンメルは、はっきりと言い切った。

　航空参謀のケヴィン・パイクス中佐が、キンメルに促（うなが）されて発言した。

「昨年九月のオロテ岬沖海戦（グアム沖海戦の米側公称）では、グアムの第二海兵航空団（2ndMAW）に空母の代わりを務めて貰いました。同部隊は、日本軍の空母に対しては攻撃を実施せず、戦闘機による基地の直衛に徹しました。その結果、多数の日本機を撃墜し、第三次空襲まで飛行場を守り抜いたのです。次の戦いでは、この戦訓に基づき、エセックス級とその艦上機を直衛のみに用います」

　三隻のエセックス級は、搭載機のほとんどを戦闘機で固めている。

　急降下爆撃機のダグラスＳＢＤ〝ドーントレス〟も一二機ずつを搭載しているが、これは対潜哨戒用の機体であり、敵艦への攻撃は想定していない。

　エセックス級三隻の艦上戦闘機を合計すれば、二六二機に達する。

　これに、トラックに展開する陸軍第一二航空軍（12AF）隷下の戦闘機隊一六〇機、第三海兵航空団（3rdMAW）の戦闘機隊八四機が加わる。

海軍と陸軍、合計五〇六機の戦闘機があれば、頭上の守りは完璧だ。

艦隊の上空を固め、来襲する日本機を片端から撃墜すれば、敵の機動部隊は攻撃力を喪失し、無力化される、とパークスは説明した。

「日本軍の機動部隊を無力化したところで、12AFのB17が出撃し、爆撃を敢行する。同時にTF21が前進し、敵艦隊を撃滅する。トラックを、日本海軍の墓場としてやるのだ」

キンメルは、自信に満ちた口調で言った。

「トラックを戦場に選んだ場合、自分たちが不利になることは、日本軍も理解しているはずです。彼らが、トラックを攻撃して来るでしょうか？」

マックモリスの疑問に、スミスが答えた。

「海軍省からの情報だが、日本政府が中立国の大使館経由で合衆国政府に接触している。今のところ、和平交渉が行われる可能性はゼロに等しいが、日本は我が国を交渉の場に引っ張り出すため、勝利――それもツシマ沖海戦に匹敵するほどの決定的な勝利を求めているはずだ、と海軍省は分析している」

「彼らとしては、トラックに攻め込まざるを得ない、ということですか」

「その通りだ」

「トラックに敵を引きつけて叩いた後、我が軍はマリアナ諸島に前進し、グアム、サイパン、テニアンを陥とす。マリアナを占領すれば、東京までの道が視野に入る」

キンメルは、力を込めて言った。

現在、第五一合同進攻部隊がハワイからクェゼリンに移動中だ。

第一陣は海兵隊と陸軍部隊を合わせ、約八万五〇〇〇の兵力だ。

太平洋艦隊が日本艦隊を撃滅すれば、彼らはマリアナ諸島の攻略にとりかかる。

「ジャップがトラックを取り戻そうとすれば、逆にマリアナを失うことになる。ヤマモトにとっては、自ら墓穴を掘る行為になる、ということですか」

「ヤマモトだけではない。日本全体にとって、だ」

マックモリスの言葉を、スミスが訂正した。

「日本軍が、トラックに来ない可能性も考えられますが」

「奴らが出て来なければ、我々はトラックの守りを固め、待機を続けるだけだ。その間に、太平洋艦隊は増強され、日本艦隊との戦力差が開いてゆく。時間は我々の味方だよ、首席参謀」

マックモリスは首を傾げた。

トラックにこもり、守りを固めるだけでは消極的に過ぎるのではないか——そんなことを考えている様子だった。

キンメルは微笑し、確信を持った口調で言った。

「心配せずとも、ヤマモトは出て来るさ」

3

「キンメルは、トラックにこもって動かぬそうだ」

海軍長官フランク・ノックスは、長官室を訪れた海軍次官ジェームズ・フォレスタルに言った。

「全て、予定の行動ですな？」

「うむ」

フォレスタルの問いに、ノックスは頷いた。

「日本軍をトラックに引きつけて叩く」との作戦方針は、海軍省と作戦本部にも伝えられている。

空母の数が少なく、艦隊の直衛に不安があるため、空母の艦上機に加えて、トラックの陸軍機、海兵隊航空部隊にも頭上を守らせる方針だ。

「次官の役割は軍政であり、作戦を論評する立場ではありませんが、太平洋艦隊の動きには柔軟性が欠けています」

フォレスタルは、前置きしてから言った。

「何故、そのように考えるのかね？」

「兵力の集中という面を考えれば、トラックへの籠城(ろうじょう)は良策(りょうさく)に思えますが、現実には航空兵力が不足しているため、他の選択肢がないのでは？　空母の数が日本海軍の半分程度でもあれば、マリアナやパラオに打って出ることも可能と考えますが」

「貴官の持論(じろん)かね？　『オレゴン』を建造する予算と資材で、複数のエセックス級を建造すべきだった、と？」

「オレゴン級を建造するなら、一隻だけで充分だったのではありませんか？　二番艦は計画段階でキャンセルし、予算を空母の建造や艦上機クルーの養成に充てるべきだったと考えますが」

オレゴン級戦艦の二番艦は「ヴァーモント」と命名され、四月九日に竣工した。

現在は東海岸のノーフォークで、慣熟訓練の最中だ。クルーがある程度、艦の扱いに習熟したところで、訓練航海を兼ね、西海岸のサン・ディエゴに回航されることになっていた。

太平洋艦隊への正式配備は一二月初めを予定されているため、来(きた)るべき決戦には間に合わない。

あのような戦艦を建造するより、空母を一隻でも多く建造しておくべきだったのではないか、とフォレスタルは考えていた。

「オレゴン級二隻の建造については、議会でも承認され、大統領閣下の署名もいただいている。簡単には覆(くつがえ)せぬよ」

かぶりを振ったノックスに、フォレスタルは切り返した。

「戦艦のクルーの不足は、建造中止の理由になったと考えますが」

フォレスタルの脳裏には、開戦後二年近くを経て顕在(けんざい)化し始めた、深刻な問題がある。

人材、それも戦艦、空母といった大型艦の扱いに習熟した中堅以上の人々の不足だ。

敵地で軍艦が沈没した場合、乗員を救助している余裕がないため、ほとんどは見殺しになってしまう。

　全乗員が犠牲となった戦艦、巡戦は、ペリリュー沖海戦で沈んだ「オハイオ」、マッピ岬沖海戦で沈んだ「レキシントン」「レンジャー」「コンスティチューション」、オロテ岬沖海戦で沈んだ「ノース・カロライナ」「モンタナ」の六隻があり、合計で一万五〇〇〇名以上のクルーが未帰還となっている。

　緒戦で生起したマニラ湾口海戦でも、「インディアナ」「マサチューセッツ」の二戦艦が沈み、五〇〇〇名以上のクルーが戦死しているから、戦艦、巡戦の乗員だけでも二万名以上が失われた計算だ。

　他に、機動部隊同士の戦いで沈められたヨークタウン級空母、一連の海戦で沈んだ巡洋艦、駆逐艦や被弾・損傷した艦のクルーが、未帰還者のリストに名を連ねる。

　全員が戦死したわけではなく、日本軍に救助され、捕虜となった者も相当数いたと思われるが、彼らは戦争が終わるまで帰国できず、合衆国海軍には全く貢献できない。

　軍艦、特に大型艦を自在に動かすためには、多数の熟練者が必要なのだ。

　マッピ岬沖で沈んだレキシントン級三隻のクルーには、「オレゴン」「ヴァーモント」への異動を予定されていたベテランの士官、下士官が多数含まれていたため、海軍省は人員のやりくりに四苦八苦している。

　既存の戦艦のうち、ネヴァダ級二隻を予備艦とし、その乗員を「オレゴン」「ヴァーモント」に異動するといった措置まで採ったほどだ。

　オレゴン級二隻の建造が始まったのは対日開戦の前であり、人員にも比較的余裕があった。

　だが開戦後、思いがけず多数の戦艦が沈み、二万名以上ものクルーが失われるというのは想定外だったのだ。

「現実には、『オレゴン』『ヴァーモント』のクルーは確保できたのだ。代わりに『ネヴァダ』『オクラホマ』を予備艦としたが、あの二隻は旧式で火力も弱い。乗員を異動させ、オレゴン級を戦力化した方が、遥かに有意義というものだ」

こともなげな様子で、ノックスは言った。

サウス・ダコタ級、アラバマ級を上回る史上最強の戦艦が配備された以上、太平洋艦隊は必ず勝つ。マニラ湾口海戦やマッピ岬沖海戦の屈辱は、二度と味わうことはない。

そう信じて止まない様子だった。

(合衆国海軍にとっては、どのような結果が望ましいのか)

フォレスタルは、自分が必ずしも太平洋艦隊の勝利を願っているわけではないことに気づいている。

合衆国の軍人、それも海軍行政のトップである次官の立場としては、自国の勝利を願うのが当然だ。

だが、仮に太平洋艦隊が勝てば、合衆国海軍では、今後も大艦巨砲主義が幅を利かせることになる。

空母よりも戦艦の建造が優先され、海軍航空兵力も拡充されないままだ。

合衆国海軍の未来を考えるなら、ここは敗北した方がよいのではないか。

敗北によって、空母と航空機の威力を思い知らされれば、合衆国海軍でも航空主兵思想が主流となり、新しい時代の戦争に対応が可能となる。

来るべき日本との決戦で勝利を得た場合、合衆国海軍は、近代的な海軍に脱皮する機会を逃がしてしまうのではないか。

「どうした?」

ノックスが訝しげな声をかけた。

黙り込んでしまったフォレスタルを見て、何を考えているのか、と気になったようだ。

フォレスタルは、少し考えてから答えた。

「何でもありません。次の戦いにおける太平洋艦隊の勝利と一人でも多くの将兵の生還を、神に願っていただけです」

4

「井上が無茶を言って来た」

　連合艦隊司令長官山本五十六大将は、旗艦「香椎」の長官公室に参集した幕僚たちの前で苦笑した。

「私に、第二の東郷元帥になれ、との注文だ。首相や海相も同意見だ」

「次官らしくないお言葉ですな」

　参謀長大西滝治郎中将が首を傾げた。開戦時は少将だったが、今年五月一日に中将に昇進し、徽章の桜が一個増えている。

　井上海軍次官が開戦前、米内や山本と共に対米非戦を主張していたことは、よく知られている。

　その井上が「第二の東郷元帥」の登場を望んだことが、大西には意外だったようだ。

「理由は、対外問題と国内問題の二つがあります」

　政務参謀の藤井茂中佐が、山本に促されて発言した。

「対外問題からお話ししますが、現在、中立国における米国との和平交渉は、ほとんど進展しておりません。戦争が長引けば自分たちが有利になるのだから、講和を焦る必要はない、というのが米国政府の考えです」

「悔しいが、米国の認識は正しい」

　大西が、山本に顔を向けた。

「長官は短期決戦を指向されましたが、実際には、我が国には短期決戦以外の道がなかったというのが現実です。米国もそのことを知っており、我が国の弱みを突いて来たのでしょう」

　山本は、苦衷の表情を浮かべた。

「参謀長の言う通りだ。フィリピン、グアムの攻略も、一連の海戦における勝利も、決め手にはならなかった。米国を和平交渉の場に引っ張り出すためには、決定的な勝利が必要となる。かの日本海海戦に匹敵するほどの勝利が」

山本が一旦言葉を切ったところで、藤井が後を続けた。

「次に、国内の問題についてお話しします。参謀長も言われたように、米国は我が国の弱点を知っております。来るべき決戦で、我が軍が大勝利を収めたとしましても、講和のためにはかなりの譲歩を強いられるでしょう。ですが、そうなれば国内の主戦派が黙っていません。軍内部でも、国民からも、『我が軍が勝ったのに、何故妥協が必要なのか』といった声が上がるのは目に見えています」

（日比谷事件の再現を、長官は恐れておられるのだろうな）

航空参謀榊久平中佐は、日露戦争の終結後に起きた騒乱を思い出している。

日本はロシアとの講和条約に基づき、南樺太の領有権と南満州の利権を手に入れたものの、国民の間からは「犠牲の割に、得たものが少な過ぎる」という不満の声が上がり、東京・日比谷で暴動が起きたのだ。

この事件で、死者一七名、負傷者五〇〇名が出た他、内務大臣の官舎や国民新聞社、付近の交番が被害を受けている。

日本が米国に大幅な譲歩をすれば、日比谷事件を上回る暴動が起きてもおかしくない。

「対米講和の条件は、ポーツマス条約以上に厳しくなるだろう」

榊の内心が伝わったかのように、山本は日露戦争の条約名を口にした。

「同条約では、不満足ながらも得たものはあった。だが、米国との講和で得られるものはない。それどころか、満州や南洋諸島の放棄もあり得る」

「政府は、そこまで大幅な妥協を考えているのですか？」

「そこまで譲歩しなければ、米国は和平に応じないだろう、というのが米内さんや吉田の判断だ」

大西の質問を受け、山本は首相や海相の名を出した。

「そこで、主戦派を説得するのに米軍に対する勝利が活きて来る」

これが核心だ――山本の言葉には、その意が込められていた。

「勝利の立役者となった第二の東郷元帥、すなわちこの山本が主戦派に対し、対米講和を受け容れるよう説得して欲しい、というのが、井上の考えだ。国民の間に不満が生じるようであれば、ラジオ放送を通じて直接国民に訴えて欲しい、とも言われた」

「主戦派の説得に長官の名声を利用したい、ということですか」

大西が、得心したように頷いた。山本は、言葉を続けた。

「たられればの話になってしまうが、ポーツマス条約の締結時、東郷元帥が直接国民に呼びかけていれば、日比谷暴動も起きなかったのではないか、と井上は言っていた。当時はラジオ放送がなく、東郷元帥のお言葉を直に国民に伝えるのは困難だったが、今ならできる」

山本は一旦言葉を切り、少し躊躇ってから言った。

「ラジオを通じての国民への訴えについては、米内さんが陛下に御説明された。陛下は『必要であれば、朕が直接全国民に話す』とおっしゃったそうだ」

「陛下が……」

「対米非戦を誰よりも望まれていたのは、他ならぬ陛下だ。開戦に至った後も、折に触れて『できるだけ早い講和を』と、政府の閣僚や軍令部総長、参謀総長に伝えておられた。陛下が講和の実現を望んでおられるのであれば、臣としては力を尽くさねばなるまい」

しばし、長官公室を沈黙が支配した。

ややあって、大西が言った。

「陛下の国民を思ってのお言葉、恐懼に堪えません。全力を上げて、必勝の作戦を練り上げたいと考えます」

「私も、参謀長に賛成です」

「私も、同意見です」

幕僚たちが、口々に賛意を表明した。

「諸官の気持ちは嬉しく思う。ただし、全ては次の戦いで米軍に勝ってからだ。敗北したのでは、何もかもが画餅になってしまう」

山本が、表情を引き締めた。

「かなりの難題ですな。日本海海戦に匹敵するほどの大勝利となりますと」

大西が唸り声を発した。

日本海海戦は、世界の海戦史上でも稀な完勝を収めた戦いだ。

欧州から極東まで、はるばる遠征して来たロシア・バルチック艦隊は、ほとんどの艦を失って壊滅したが、日本側の損害は水雷艇三隻の喪失のみという結果だった。

「日本海海戦の栄光を、今一度再現したい」とは、海軍士官なら誰でも夢見ることだが、現実問題としては、極めて困難と言わざるを得ない。

連合艦隊は開戦以来、米軍の戦艦を何隻も沈めたが、楽に勝てた戦いは一度もなかった。

薄氷を踏むような戦いを繰り広げ、幸運にも恵まれた末の辛勝を重ねて来たというのが現実だ。

「米太平洋艦隊は強い。ロシア・バルチック艦隊などとは、比較にならない強敵だ」

連合艦隊の司令部幕僚も、前線部隊の将兵も、一連の戦いを通じて、その認識を持っている。

その米軍に対する完勝は、極めて困難というより、ほとんど不可能だ。

「大戦果を上げ被害は僅少、などという結果は望んでいない。目指すはただ一点、米太平洋艦隊に大打撃を与えることだ」

山本が、幕僚たちを見渡して言った。

我が方の被害を省みる必要はない——その意が、はっきり伝わった。

「昨年九月のグアム沖海戦以後、連合艦隊は大規模な作戦を実施しておりません。戦力的には充実しており、艦隊の再編成も完了しております」

作戦参謀三和義勇中佐の言葉を受け、全員の目が壁に貼られている編成図に向けられた。

昨年九月まで、連合艦隊の下には、戦艦を中心とする第一艦隊、巡洋艦を中心とする第二艦隊、空母機動部隊の第三、第四艦隊等があった。

昨年のうちに、新しい空母が竣工したため、連合艦隊は思い切った編成替えを実施している。

水上砲戦部隊を第一艦隊に集約し、第二、第三、第四の各艦隊を全て空母機動部隊として再編成したのだ。

空母の中には、他艦種から改装された小型空母も含まれているが、総数は一七隻となる。

艦上機は、常用機数だけでも九八〇機。

これらに加え、マリアナ諸島のサイパン、テニアン、グアム三島に第二二、二三、二五の三個航空戦隊が、パラオ諸島のバベルダオブ島、ペリリュー島に第二四、二六航空戦隊がそれぞれ展開している他、陸軍航空隊の戦闘機隊、軽爆撃機隊が、基地の防空戦闘と周辺海域での対潜哨戒に協力している。

「海軍の艦艇は空母と駆逐艦、潜水艦だけでよい」

「海軍の錨のマークをプロペラに替える。海軍は空軍になるべきだ」

とは、大西が連合艦隊参謀長に任ぜられる以前、自身の周囲だけではなく、海軍上層部にも訴えた主張だ。

そこまで極端ではないにせよ、「海軍の空軍化」は、事実上達成された感がある。

これだけの航空兵力があれば、米軍に圧勝することも不可能ではないように思われたが——。

「有利不利は、相対的なものだ。問題は米側の兵力だ」

山本が、厳しい声で言った。

相手は米軍だ。楽観は禁物だ——その戒めを感じさせた。

「二五航戦から、索敵情報が届いております」

榊久平航空参謀が発言し、机上に航空偵察写真を並べた。

グアム島からトラック環礁に飛んだ二式艦上偵察機が撮影したものだ。

在泊艦船を捉えたものと、トラックの敵飛行場を捉えたものがある。

「戦艦が七隻ですな」

首席参謀黒島亀人大佐が、かつての春島錨地——春島の西側にある艦隊泊地の写真を見て言った。

大小多数の艦艇を捉えている。うち七隻が、他艦よりも大きな艦体を有している。

「空母も三隻いるな」

大西が、もう一枚の写真を指した。

同じく春島錨地を捉えたものだが、まな板のような形状を持つ艦が三隻写っている。

榊が、大西に応えた。

「軍令部から情報があった、米軍の新型空母だと思われます。詳細については判明しておりませんが、ヨークタウン級よりも大きく、搭載機数も多いと考えられます」

「三隻だけか？」

「軍令部の第五課が調べたところでは、現時点では四隻ないし五隻が竣工しているとのことですが、空母は慣熟訓練に時間を要します。まだ、戦力化はされていないと推測します」

「多少搭載機数が多くても、三隻だけなら、我が方が圧倒できますな」

黒島が発言し、大西も「同感だ」と頷いた。

「空母以上に、敵の基地航空部隊が大きな脅威になります」

榊は、敵飛行場を捉えた写真を指した。

いずれも、三〇〇〇メートル以上の高度から、トラックの敵飛行場を写したものだ。

駐機場や滑走路脇の掩体壕に、多数の敵機が並んでいる。

「現在までに判明しているところでは、トラックには五箇所の飛行場があります。春島に二箇所、夏島、竹島、水曜島に各一箇所です」

水曜島は、トラック環礁の西部に位置する島だ。トラックの中心地である夏島から距離があることや予算の問題もあり、日本軍は飛行場を建設しなかった。

米軍は、その水曜島にも飛行場を建設したのだ。

「水曜島の飛行場は、爆撃機よりも戦闘機の配備数が多いとの情報が届いています。パラオ方面からの航空攻撃に対応したものだと考えられます」

榊の言葉を受け、山本が改まった口調で聞いた。

「トラックに配備されている敵の機数は分かるか？」

「B17が三〇〇機乃至四〇〇機と見積もられます。他に、戦闘機が二〇〇機から三〇〇機程度常駐しております。戦闘機はF4Fよりも、陸軍機のロッキードP38が多いようです」

「合計七〇〇機か。機動部隊の艦上機に迫る数だ」

山本が唸り声を発した。

「トラックは米太平洋艦隊の前線基地であると同時に、米陸軍航空隊の航空要塞でもあります。陸軍戦闘機の配備数が多いのは、飛行場の施設とB17を守るためだと考えられます」

「マリアナ、パラオの基地航空部隊は、来襲したB17を多数撃墜している。陸攻隊による長距離爆撃で、地上撃破したB17も、相当数に上るはずだ。にも関わらず、トラックには四〇〇機ものB17が展開しているのか？」

黒島が、不審そうな表情で聞いた。

昨年一一月から今年六月までの約八ヶ月、戦争は主として長距離爆撃の応酬によって推移している。

B17がマリアナ、パラオを爆撃すれば、日本軍もトラックの敵飛行場に、一式陸攻による夜間爆撃をかけている。

夜間爆撃による正確な戦果は不明だが、マリアナ、パラオの戦闘機隊が報告したＢ17の撃墜機数を集計したところ、現在までに四〇〇機以上を撃墜したとの結果が得られている。

現在、トラックに展開しているＢ17と、ほぼ同数を墜としたことになるのだ。

これだけの戦果を上げても、米国にはなお多数のＢ17を前線に展開させるだけの力があるのか、と言いたげだった。

「Ｂ17は洋上の中継点を経由して、トラックに送り込まれて来ます。一昨年、米軍がトラックと同時にマーシャルを攻略したのは、Ｂ17の中継点を確保する、という目的もあったものと推察します」

榊は広域図に指示棒を伸ばし、マーシャル諸島のクェゼリン環礁、その北方に位置するウェーク島、米太平洋艦隊の本拠地があるハワイ諸島を順繰りに指した。

「これでは、埒があかぬな。どこかで断ち切らねば」

広域図を見つめながら、山本が言った。

「そこで一つ、策があります」

榊は、改まった口調で言った。

「昨年、米軍の機動部隊が我が軍の意表を突き、硫黄島に奇襲をかけました。硫黄島の飛行場は一時的に使用不能となり、我が軍はマリアナ諸島に増援部隊、特に戦闘機隊、戦攻隊を送り込むことができなくなりました。今度は、我が軍が同じ手を使ってはいかがでしょうか？」

第三章　クェゼリンの惨劇

1

一九四三年七月一六日早朝、マーシャル諸島クェゼリン環礁の本島より発進したコンソリデーテッドPBY〝カタリナ〟飛行艇は、同環礁の北西沖で哨戒任務に就いていた。

一週間前、「日本軍、動く」との情報が、太平洋艦隊の隷下にある全部隊に伝えられている。

日本本土近海で敵の動静を探っている潜水艦が、九州（キューシュー）と四国（シコク）を分かつ豊後水道（ブンゴ・チャンネル）を南下する艦隊や、東京湾（トーキョー・ベイ）の出口にある浦賀水道（ウラガ・チャンネル）を抜け、外海に向かう艦隊を目撃した旨、トラックの太平洋艦隊司令部に報告したのだ。

現在の状況から見て、日本軍の目的はトラック環礁の奪回以外には考えられない。

このため、太平洋艦隊は主力をトラック環礁に集中すると共に、各根拠地（こんきょち）に対して、警戒態勢の強化を命じていた。

後方のマーシャルやウェークの基地は、対潜哨戒に当たる機体と艦艇を増強している。

日本軍がトラックへの総攻撃に先だって、多数の潜水艦を投入し、マーシャル方面からの支援阻止を図る可能性が考えられるためだ。

カタリナによる哨戒も、敵潜水艦の発見と撃滅が主な目的だ。

未明に水上機基地を発進してから二時間余り。

カタリナは巡航速度の時速二〇〇キロを保ち、高度を五〇〇〇フィート（約一五〇〇メートル）に保って飛行を続けている。

「現在位置、クェゼリン本島よりの方位三一五度、二五〇浬」

航法士を務めるマイケル・フォスター少尉が報告した直後、

「右前方に艦影！　水平線付近！」

副操縦員を務めるロニー・メイン少尉が頓狂（とんきょう）な

声を上げた。

　機長と操縦員を兼任するルイス・バレット中尉は右前方に目を凝らし、複数の艦影を見出した。

「敵潜水艦じゃないな。味方の船団でもない」

　バレットは呟いた。

　潜水艦は、複数の艦が連携して動くこともあるが、日本軍の場合は単艦での行動が基本だ。

　そもそも、艦形が潜水艦のそれとは大きく異なっている。

「機長、空母です！　四隻、いや五隻！」

「間違いない。ジャップだ」

　メインの新たな報告を受け、バレットは確信した。

　太平洋艦隊に所属する空母は、新鋭のエセックス級三隻だけだ。対潜哨戒や航空機の輸送に従事する護衛空母もあるが、このあたりは彼らの航路から大きく外れている。

「ジャック、基地司令部に緊急信！　『敵艦隊発見。位置、〈本島〉よりの方位三一五度、二五〇浬。敵は複数の空母を伴う。八時一二分』」

　バレットが通信士のジャック・メルヴィン兵曹長に命じたとき、

「右後方、ジーク！」

　右側方の機銃座を担当するモーリス・バトラー一等兵曹が叫んだ。

　バレットは、咄嗟にステアリング・ホイールを右に回した。

　カタリナが右に大きく傾き、旋回を開始した直後、真っ赤な火箭がコクピットを襲った。

　けたたましい音と共に風防ガラスが打ち砕かれ、カタリナの操縦席に赤い霧が舞い散った。


　カタリナが機首を大きく下げ、海面に激突する様は、第四艦隊旗艦「翔鶴」の艦橋からはっきり見えた。

「通信参謀、敵信傍受の有無知らせ」

「傍受された敵信はありません」

参謀長岡田次作少将の問いに、通信室に詰めている通信参謀井村高雄少佐が返答した。

「ぼやぼやしてはおれんな」

第四艦隊司令長官角田覚治中将は、カタリナが墜落した海面を見て呟いた。

第四艦隊の任務は、クェゼリン環礁の敵飛行場撃滅だ。

米太平洋艦隊との決戦に先立ち、米軍の航空機輸送の中継点であるクェゼリンを叩き、トラック環礁を孤立させるのだ。

この作戦案には、「危険が大きい」との理由で、連合艦隊司令部にも反対意見が多かった。

だが、連合艦隊の榊久平航空参謀は、

「トラックを叩いても、米軍はすぐに増援を送り込んで来ます。トラックを長期に亘って無力化し、かつ米太平洋艦隊に大打撃を与えるには、トラック後方の連絡線を遮断することが必要です。クェゼリンを叩くことで、米太平洋艦隊に対する陽動の効果も期待できます」

と強く主張した。

最終的には、山本五十六連合艦隊司令長官の決定により、第四艦隊によるクェゼリン攻撃案が採択されたのだ。

七月九日、呉より出港した第四艦隊は、サイパン島のラウラウ湾で給油を受けた後にクェゼリンを目指し、この日——七月一六日早朝、目標を攻撃圏内に捉えた。

第四艦隊は、第五航空戦隊の「翔鶴」「瑞鶴」、第六航空戦隊の「紅鶴」「雄鶴」、第七航空戦隊の「祥鳳」「瑞鳳」を中核戦力とする。艦隊全体で運用可能な艦上機は常用三四八機、補用五四機だ。

現在、五、六航戦の空母四隻の飛行甲板には、第一次攻撃隊の参加機三六機ずつ、計一四四機が敷き並べられ、暖機運転の爆音を立てている。

たった今、カタリナを撃墜したのは、直衛を担当する「祥鳳」の零戦だ。

井村の報告を聞いた限りでは、零戦はカタリナの口封じ（くちふう）に成功したように見える。

だが、カタリナが帰還しなければ、クェゼリンの米軍は、いずれ異変に気づく。

ことは、一分一秒を争うが——。

「攻撃隊を出すには、もう少し距離を詰めた方がよいと考えます。零戦と艦攻はよしとして、艦爆は燃料にやや不安が残ります」

首席参謀の増田正吾（ますだしょうご）中佐が具申（ぐしん）した。

第四艦隊の現在位置は、クェゼリン本島よりの方位三一五度、二五〇浬だ。

九九艦爆の航続距離は七九四浬。

数字の上では往復が可能だが、戦闘時の機動による燃料消費の増大を考えれば、帰還不能となる機体が出るかもしれない。

「『紅鶴』より信号。第六航空戦隊司令部より意見具申。『直（タダ）チニ攻撃隊発進ノ要有リト認ム』」

角田が増田に応えるより早く、信号長の池口輝男（いけぐちてるお）兵曹長が報告した。

「せっついて来たな」

角田は岡田と顔を見合わせ、苦笑した。

第六航空戦隊の司令官は山口多聞（やまぐちたもん）中将。開戦時は第二航空戦隊の司令官として、「蒼龍（そうりゅう）」「飛龍（ひりゅう）」の二空母を率いていた指揮官だ。

昨年一一月、中将に昇進したとき、吉田善吾海相は「海軍省か軍令部に迎えたい」と希望したが、山口自身が「今しばらく航空戦隊の司令官として、前線に立ちたい」と希望したため、最新鋭空母二隻を擁する六航戦の司令官に異動したいきさつがある。

階級は角田と同じだが、海軍兵学校の卒業年次は角田が一年先輩になる。

角田は山口の才幹（さいかん）を高く評価しており、

「四艦隊の長官には、私よりも山口を任じていただきたい。山口の下でなら、私は喜んで働きます」

と吉田海相に訴えたが、軍令承行令を覆すわけにはいかず、角田が四艦隊の長官に親補された。

その山口が、攻撃隊の発進を具申して来たのだ。

「いかがいたしますか、長官？」

岡田の問いに角田は即答せず、航空甲参謀の入佐俊家中佐に聞いた。

「現海面から攻撃隊を発進させた場合、帰還までの所要時間は？」

「艦攻の巡航速度に合わせて進撃した場合、約四時間と見積もられます」

「よし！」

角田は断を下した。

「第一次攻撃隊、直ちに発進。敵が迎撃準備を整える前に、クェゼリンを叩く。攻撃隊発進後、四艦隊はクェゼリンに向かう。敵地との距離を詰め、攻撃隊を迎えに行くのだ」

「敵地に接近した場合、敵艦隊と遭遇する危険があります」

岡田が懸念を表明した。

第四艦隊は、敵に発見される危険を最少限にするため、護衛艦艇の数を抑えている。

第八戦隊の軽巡「利根」「筑摩」、及び第一四戦隊の新型軽巡「阿賀野」と駆逐艦一〇隻だ。

敵の有力な砲戦部隊に捕捉されたら、空母は逃げ切れず、全滅する可能性も危惧される。

「最も危険なのは、敵地に飛び込んでゆく航空隊の搭乗員だ。彼らだけに戦わせて、母艦の安泰を図るつもりはない」

角田は昨年末まで、第四航空戦隊の司令官として中型空母「隼鷹」「飛鷹」を率いていたが、積極果敢な性格を評価され、四艦隊の長官に任じられた人物だ。

敵地への突進に躊躇いはなかった。

「分かりました。第一次攻撃隊、発進させます」

岡田は大きく頷いた。

「風に立て！」の命令と共に、四隻の翔鶴型空母が、風上に艦首を向けた。

第一次攻撃隊一四四機が、出撃を開始した。

2

「右前方、クェゼリン」

　第一次攻撃隊の総指揮官を務める高橋赫一少佐の耳に、偵察員を務める松山四郎飛行兵曹長の声が届いた。

　高橋は開戦前から二年近くに亘って、空母「翔鶴」の飛行隊長と艦爆隊隊長を兼任している。

　母艦航空隊の飛行隊長や艦爆隊隊長の中には、内地の航空隊に異動した者もいるが、高橋は一貫して母艦航空隊の飛行隊長を務めて来た。

「翔鶴」の初陣となったパラオ沖海戦では、小泉精三中尉が偵察員として高橋とペアを組んでいたが、小泉が大尉に昇進し、「翔鶴」の姉妹艦「雄鶴」の艦爆隊中隊長に異動したため、松山が高橋の相棒になったのだ。

　階級は小泉より低いが、経験は豊かであり、航法、偵察等については安心感があった。

　高橋は、右前方を見た。

　最初は洋上の点にしか見えなかったが、接近するにつれ、多数の島々が連なっている様がはっきりし始める。

　開戦劈頭、トラック環礁と同時に米軍に占領され、現在はトラックとハワイを繋ぐ中継点になっている場所だ。

　マーシャル諸島の中心地であり、同諸島最大の環礁でもある。

　最も手前に見える島は、北端のルオット島だ。開戦前は、南端のクェゼリン本島と共に、日本軍が飛行場を設けていた。

「環礁の東に回る」

　高橋は宣言するように言い、操縦桿を左に倒した。

　米軍はクェゼリン占領後、日本軍が建設した飛行場を手直しして使用していると考えられていた。

だが、潜水艦が探ったところによれば、クェゼリンに飛来するB17は、全て南端のクェゼリン本島に着陸しており、ルオット島に降りた機体は確認されていないという。

クェゼリンはあくまで中継用の基地であるため、米軍はルオット島にまで飛行場を建設する必要を認めなかったのかもしれない。

高橋は、環礁の東側に攻撃隊を誘導する。

クェゼリン本島までの最短経路は、ルオット島の上空を通過し、礁湖の上を突っ切ることだが、地上の対空砲陣地や在泊艦船の対空射撃を受ける危険がある。

少しでも安全な進撃路を選び、一機でも多く目標に取り付かせるのが、攻撃隊総指揮官の責務だ。

機体を操りながら、高橋はちらと後方を振り返り、後続機を確認した。

「翔鶴」と五航戦の僚艦「瑞鶴」の艦爆隊、六航戦の「紅鶴」「雄鶴」から発進した艦攻隊が、整然とした編隊形を組んだまま、環礁の東側へ回り込む。

護衛の艦戦隊は、艦爆隊、艦攻隊の頭上に展開しており、敵戦闘機の出現に備えていた。

「隊長、右前方に敵機。B17です！」

松山の叫び声を受け、高橋は右方を見た。

見覚えのある四発重爆が約二〇機、攻撃隊とすれ違う格好で、北へと向かってゆく。

離陸してからさほど時間が経っていないのか、高度は低く、速度も遅い。

「高橋一番より全機へ。無線封止解除。艦戦隊は、定位置を維持。右方に見える敵機には手を出すな」

高橋は無線電話機を通じて指示を送った。

B17はおそらく、クェゼリンから避退中の機体だ。基地の電探が攻撃隊を捉えたため、空中退避に移ったのだろう。

艦戦隊にとっては食指が動く目標であろうが、自分たちの任務はクェゼリンの敵飛行場攻撃だ。

艦戦隊には、出現が予想される敵戦闘機から、艦爆隊、艦攻隊を守って貰わねばならない。

「艦戦隊、定位置から動きません」

「よし！」

松山の報告を受け、高橋は頷いた。

攻撃の優先順位については、事前に各母艦の飛行長を通じて、搭乗員に通達している。

血気（けっき）に逸（はや）る戦闘機乗りたちも、命令を忠実に守っているようだ。

（闘志は、敵の戦闘機に向けてくれ）

高橋は心中（しんちゅう）で、艦戦隊の搭乗員に語りかけた。

あたかも、その声が伝わったかのように、頭上で動きが起きた。

艦爆隊、艦攻隊の頭上に張り付いていた零戦のうち約半数――制空隊が速力を上げ、前方へと向かってゆく。

残る半数――直掩（ちょくえん）隊は、艦爆隊、艦攻隊と付かず離れずの位置を保っている。

「高橋一番より全機へ。前上方、敵機。ロッキードの双（ふた）つ胴（どう）だ！」

高橋はＰ38の渾名（あだな）を叫んだ。

運動性能は、単発戦闘機よりも劣るが、速度性能が高く、火力が大きい。

機銃は日本の戦闘攻撃機「天弓」と同じく、機首に集中装備しているため、集弾性が高い。

艦爆、艦攻にとっては、Ｆ４Ｆ以上の強敵だ。

制空隊が上昇しつつ、Ｐ38との距離を詰める。

Ｐ38も機首を押し下げ、零戦の頭上から押し被（かぶ）さるように突進する。

発砲は、Ｐ38の方が早い。複数の機体が、機首に発射炎を閃かせ、青白い曳痕の束が噴き延びる。

零戦の一機が回避に失敗し、Ｐ38の射弾をまともに浴びた。

その零戦は一瞬で空中分解を起こし、引きちぎられた主翼や胴体、無数のジュラルミンの破片が飛び散り、海面に向けて落下し始めた。

墜とされた零戦は、その一機だけだ。

他の零戦は右、あるいは左に旋回し、P38の射弾に空を切らせる。

P38の突っ込みをかわした零戦は、敵機の後方に回り込む。

P40やF4Fであれば、零戦に背後を取らせまいとして急旋回をかけたかもしれないが、P38は速力を緩めることなく、艦爆隊、艦攻隊に向かって来た。

直掩隊の零戦がP38の前上方から挑みかかり、両翼に発射炎を閃かせる。

P38二機が射弾を浴び、続けざまに火を噴いた。

一機は一番エンジンに被弾したのだろう、炎と黒煙を引きずりながら、急速に高度を落とす。

もう一機は二番エンジンを破壊されたのだろう、右側の胴体全体が炎に包まれ、螺旋を描くように回転しながら墜落する。

他のP38は、真一文字に突進して来る。

高速で回転するプロペラ、二基のエンジン、その間に挟まれたコクピットが膨れ上がる。

機体が大きいだけに、F4FやP40にはない威圧感がある。金属製の怪鳥さながらだ。

高橋は、操縦桿を左、次いで右に倒した。九九艦爆は、振り子のように大きく振られた。

P38の機首に発射炎が閃き、青白い火箭がほとばしる。機銃が密集しているためだろう、複数の火箭が一つに撚り合わさっているように見える。機銃弾というより、巨大な炎の塊だ。

敵弾がコクピットの右脇を通過した直後、高橋は発射把柄を握った。

目の前に発射炎が躍った。機首から噴き延びた七・七ミリ弾の火箭が、P38の一番エンジンに吸い込まれたように見えた。

直後、双発双胴の巨大な機体が、風を捲いて高橋機の頭上を通過した。

後席から、機銃の連射音が届く。松山が、七・七ミリ旋回機銃を放ったのだ。

戦果を確認する間もなく、新たなＰ38が向かって来る。機首からほとばしった火箭が高橋機の左の翼端をかすめ、後方へと抜ける。

Ｐ38は自ら放った射弾を追いかけるようにして、高橋機とすれ違う。高橋が放った七・七ミリ弾も、松山が浴びせた旋回機銃の火箭も、効果があったようには見えない。

「敵機、右正横！」

「右に弾幕射撃！」

松山が新たな報告を上げるや、高橋は「翔鶴」隊全機に下令する。

後席から機銃の連射音が届き、右方に火箭が噴き延びる。

高橋機だけではない。「翔鶴」隊に所属する九九艦爆一八機が一斉に、右正横に向けて、七・七ミリ旋回機銃を発射する。

おびただしい射弾の何発かがエンジンに命中したのだろう、Ｐ38は二番エンジンから白煙を噴き出し、機体を大きく傾けた。

速力が衰えたＰ38の横合いから、零戦一機が喰らいつき、両翼から二〇ミリ弾を叩き込んだ。

Ｐ38のコクピット付近から、きらきらと光るものが飛び散り、機首を大きく傾ける。

機体が前に大きくのめり、真っ逆さまになって墜落する。

「左正横より二機！」

「左に弾幕射撃！」

後席から警報が送られ、高橋は新たな命令を送る。

この直前まで、右に向けられていた七・七ミリ旋回機銃が、今度は左に向けられる。

発砲は、Ｐ38が早い。

機首に発射炎が閃き、青白い曳痕の連なりが、束になって殺到する。

高橋機の後方で、続けざまに二度、火焔が躍った。

直後、編隊の左方に多数の火箭が噴き延びた。無数の曳痕が殺到する様は、赤い吹雪（ふぶき）さながらだ。

今度は、P38を捉えることはできなかった。

二機のP38は、機体を左に横転させて垂直降下に移り、その場から姿を消した。

被弾機を確認する間もなく、新たなP38が二機、正面から突っ込んで来る。

零戦二機が真っ向から迎え撃つ。

P38の機首から噴き延びた火箭と、零戦の両翼から放たれた二〇ミリ弾の火箭が空中で交差し、各々(おのおの)の目標へと殺到する。

P38一機が被弾し、火を噴きながら高度を落とす。

零戦に被弾はない。残ったP38一機と、猛速ですれ違う。

P38が、「翔鶴」隊の正面から突っ込んで来る。

二つの胴体の中央に、尖(とが)った機首を持つ様は、三つ叉(また)の鉾(ほこ)さながらだ。

高橋は、機体を左右に振った。

P38の射弾が左の翼端をかすめ、軽爆撃機並みの巨大な機体が、高橋機の左方を通過した。

すれ違いざまに松山が一連射を放ったのだろう、機銃の連射音が後席から伝わる。

後続機が食われるか、と危惧したが、そうはならなかった。

P38は機体を横転させ、垂直降下によって姿を消した。

敵戦闘機の攻撃は、これが最後だった。

右前方に、クェゼリン本島が見えている。

三日月のような形状の島だ。

島の中央で、銀色に光るものが次々と離陸している。

B17が避退中なのだ。

「高橋一番より全機へ。突撃隊形作れ」

高橋は、麾下(きか)全機に下令した。

P38との戦闘では、「翔鶴」艦爆隊の二機の他にも、「瑞鶴」隊や六航戦の艦攻隊に被害が生じたと推測される。

これ以上被害が拡大しないうちに、敵飛行場を叩かねばならない。

「江間一番より高橋一番。本島の北側に在泊艦船あり。戦艦もいるようです」

「瑞鶴」艦爆隊隊長江間保大尉から、報告が届いた。

高橋は、ちらとクェゼリン本島の北側に視線を投げた。

江間が報告した通り、多数の艦船が見える。

丈高い籠マストを持つ艦が戦艦だ。米軍の数ある戦艦の中でも、旧式艦に属する型であろう。

「高橋一番より全機へ。在泊艦船には手を出すな。目標はあくまで飛行場だ」

高橋は、全機に改めて注意を与えた。

旧式であっても、戦艦は仕留め甲斐のある獲物だが、クェゼリンの敵飛行場攻撃は、トラック攻撃という大規模な作戦の一環だ。

独断での目標変更は許されない。

「江間一番、了解」

「岩井一番、了解」

「三上一番、了解」

江間と、「紅鶴」「雄鶴」の艦攻隊隊長岩井健太郎大尉、三上良孝大尉が返答する。

岩井と三上の声には不満そうな響きがあったが、隊列から離れて敵の戦艦に向かう機体はない。

全機が高橋の誘導に従い、クェゼリン本島に向かっている。

地上に発射炎が閃いた。

攻撃隊の前方に閃光が走り、爆煙が湧き出した。

「高橋一番より全機へ。全軍、突撃せよ！」

「『翔鶴』隊目標、滑走路。『瑞鶴』隊目標、付帯設備！」

高橋は、二つの命令を放った。

「翔鶴」隊は、既に二隊に分かれ、斜め単横陣を形成している。

「瑞鶴」隊は右に旋回し、滑走路の周辺に位置する地上建造物に接近する。

敵弾が次々と炸裂し、無数の弾片が飛び交う中、高橋は左主翼の前縁に滑走路の中央を重ねた。

「『翔鶴』隊、続け！」

一声叫び、高橋は機首をぐいと押し下げた。

前方に漂う爆煙が視界の真上に吹っ飛び、滑走路が目の前に来た。

B17群は、なおも離陸を続けている。滑走路が使用不能になる前に、一機でも多くを避退させようとしているのだ。

「二六（二六〇〇メートル）！　二四！」

伝声管を通じ、松山が機体の高度を報告する。

数字が小さくなるに従い、眼下のB17や滑走路が拡大する。

一度ならず、近くで敵弾が炸裂する。

高橋は操縦桿を取られそうになるが、機体の位置を修正し、滑走路を照準器の白い環の中に収める。

「一〇！」

「てっ！」

報告を受けるや、高橋は投下レバーを引いた。

艦船攻撃であれば、六〇〇メートルから四〇〇メートルあたりまで降下するが、滑走路は静止目標であり、艦船より遥かに大きい。

投下高度一〇〇〇メートルでも、命中するはずだ。

操縦桿を目一杯手前に引き、引き起こしにかかる。

下向きの遠心力がかかり、全身が鉛と化したように重くなる。

投弾後に、かならずかかる強烈な荷重だ。何度経験しても、慣れるということがない。

機体が水平から上昇に転じる。

高橋はエンジン・スロットルをフルに開き、離脱にかかる。

ちらと後方を振り返ると、滑走路上に湧き立つ爆煙や、上昇して来る九九艦爆が見える。

高橋は、高度三〇〇〇まで上昇した。

敵戦闘機の動きに注意を払いつつ、地上の様子を観察した。

「翔鶴」隊、「瑞鶴」隊共に、投弾を終えたようだ。

滑走路とその周辺から、何条もの黒煙が立ち上り、地上にも火災煙と土埃（つちぼこり）がわだかまっている。

　地上の様子をはっきり観察することはできないが、クェゼリンの飛行場に相当な打撃を与えたことは確かだ。

「艦攻隊、攻撃を開始します！」

　松山が報告した。

　高橋は、敵飛行場の上空を見た。

「紅鶴」「雄鶴」の艦攻隊が、整然たる編隊形を組み、滑走路の上空に進入しつつある。

　五航戦の艦爆隊が一番槍（いちばんやり）を付けた敵飛行場に、水平爆撃によって止（とど）めを刺すのだ。

「大丈夫かな？」

　高橋の口から、その呟きが漏れた。

　地上では、既に複数箇所で火災が起こっており、目標の視認を妨げる。

　また、六航戦の艦上機隊は五航戦の艦上機隊に比べ、編成されてから日が浅いため、今回が初陣という若年（ジャク）搭乗員が多い。的確に目標を捉えられるだろうか、と懸念した。

　高橋の心配をよそに、艦攻隊の投弾が始まった。

　先頭に位置する嚮導機（きょうどうき）が投弾し、一、二秒遅れて、後続機が一斉に投弾する。

「紅鶴」隊と「雄鶴」隊を合わせ、三〇発以上の爆弾が、大気を裂き、立ち上（のぼ）る爆煙をかき乱しながら、敵飛行場に落下してゆく。

　空中で次々と爆発が起こり、無数の火の粉が漏斗（ろうと）状に飛び散った。

　九七艦攻の半数は、八〇番三式爆弾を搭載している。四〇センチ砲弾用の三式弾と並行して開発された、航空機搭載用の爆弾だ。

　地上五〇メートルから一〇〇メートルの高度で炸裂し、無数の焼夷榴散弾と弾片を地上に降らせる。

　三式爆弾の炸裂よりもやや遅れて、地上の複数箇所で爆発が起こり、大量の土砂が噴き上がった。

　高橋が見守る中、駐機場付近の一角で一際（ひときわ）巨大な爆発が起こった。

炎が真っ赤な大蛇のように地上をのたうち、周囲のものを呑み込んでゆく。

「やったな……！」

賛嘆の思いを込め、高橋は呟いた。

おそらく、艦攻隊が投下した五〇番の一発が、燃料庫か弾薬庫を直撃し、誘爆を引き起こしたのだ。

この一撃で、クェゼリンの敵飛行場が使用不能となったのは間違いなかった。

高橋は、松山に命じた。

「司令部に打電。『我、敵飛行場ヲ爆撃ス。爆弾多数命中。効果甚大。飛行場ハ使用不能ト認ム。猶、〈クェゼリン本島〉付近ニ在泊艦船有リ。敵ハ戦艦四隻ヲ伴フ。〇七四八（現地時間一〇時四八分）』」

3

第一次攻撃隊総指揮官機からの報告電が第四艦隊司令部に届けられたのは、日本時間の八時四分だった。

「一次だけで片付いたか」

角田覚治第四艦隊司令長官は、驚きの声を上げた。

クェゼリンの敵飛行場は、中継のための基地とはいえ、多数のB17を離着陸させることが可能だ。

第四艦隊では、かなりの規模を持つものと想定しており、最低でも二度の爆撃が必要だと考えていた。二度の攻撃で使用不能に追い込めなかった場合には、三度、四度と攻撃を反復するか、「利根」「筑摩」の一五・五センチ砲で艦砲射撃をかけることまで考えていたのだ。

ところが、第一次攻撃隊は「飛行場ハ使用不能ト認ム」と報告している。

四艦隊の指揮官としては、嬉しい誤算だが――。

「敵飛行場は、本当に使用不能となったのでしょうか？　戦果を過大に見積もっている可能性はないでしょうか？」

岡田次作参謀長の疑問提起に、角田は聞き返した。

「何故、そのように考えるのかね?」

「機上からの戦果確認は、困難だからです。搭乗員は、敵戦闘機や対空砲火の攻撃にさらされる中、一瞬で戦果を判断し、報告しなければならないため、戦果の誤認は珍しくありません。攻撃隊指揮官が、戦果を見誤った可能性が考えられます」

「第二次攻撃隊には予定通り、敵飛行場を叩かせた方がよいということか?」

「私は、そのように考えます。第一次攻撃隊の報告通り、敵飛行場が既に使用不能になっているとしても、駄目押しの効果はあります」

第二次攻撃隊は、第一次攻撃隊の一時間後に出撃した。

現在はクェゼリンに向かっている最中であり、あと三〇分ほどで目標に到達する。

出撃前の最後の打ち合わせでは、

「第一次攻撃隊が敵飛行場を壊滅させた場合には、目標を在泊艦船に変更せよ」

との指示を与えている。

現場での判断は、第二次攻撃隊総指揮官に委ねられているが――。

「報告電は、在泊艦船の存在を伝えている。『敵ハ戦艦四隻ヲ伴フ』とも。これを見逃すのは、惜しい気がするな」

角田は、自身の意見を述べた。

機動部隊の指揮官に任じられはしたが、角田の専門は砲術だ。

戦艦がいるなら、ここで叩いておきたい。

「攻撃隊の兵装は、全て陸用爆弾です。戦艦を叩いても、効果は薄いと考えます。在泊艦船を叩くのであれば、輸送船を目標とすべきです」

航空甲参謀の入佐俊家中佐が具申した。

攻撃隊参加機のうち、九九艦爆は二五番陸用爆弾装備、九七艦攻は五〇番陸用爆弾か八〇番三式爆弾装備だ。

陸用爆弾は着発信管付きであり、戦艦に命中しても、分厚い装甲を貫通する力はない。

上部構造物には効果があるが、いずれは修理を施され、前線に復帰する。

それよりは輸送船を狙った方が、敵に大きな打撃を与えられる。

防御力の乏しい輸送船なら、陸用爆弾でも撃沈、または大破に追い込めるはずだ、と入佐は主張した。

「輸送船を叩くのかね?」

角田は渋面を作った。

四艦隊のクェゼリン攻撃は、非常に大胆であり、危険が大きい任務だ。

ぎりぎりまで敵に発見されることなく、クェゼリンに接近できたが、敵の監視網にかかり、大規模な迎撃を受けてもおかしくなかった。

危険を冒した以上は、大物を叩くべきではないか。輸送船のような小物を沈めたのでは、苦労に見合わないし、部下の士気にも影響する。

「輸送船は、立派な目標です。米本国からはるばる運んで来た補給物資や数千の敵兵を失わせることができれば、戦艦、空母といった大型艦の喪失に匹敵するほどの打撃を敵に与えられます」

「甲参謀らしい意見だな」

入佐の力説を聞いて、岡田が小さく笑った。

入佐は、基地航空隊の飛行隊長から機動部隊の航空甲参謀に異動した人物だ。

開戦直後のフィリピン攻撃やトラック環礁に向かう敵船団への攻撃で、何度も輸送船を沈めている。

輸送船の撃沈が、敵にどれほどの打撃となるかを知り抜いているのだ。

「クェゼリンの輸送船は、既に荷下ろしを終えた後かもしれんぞ」

「空船であっても、叩く価値はあります」

角田の言葉に、入佐は即答した。

「長官、御決断を」

岡田が、ちらと壁の時計を見上げて言った。

時刻は八時一四分。第二次攻撃隊は、そろそろクェゼリンに取り付く頃だ。

新たな指示を出さず、攻撃隊指揮官に全てを委ねる選択もあるが——。

「第二次攻撃隊宛、打電せよ。『在泊艦船ヲ攻撃スル場合ハ、輸送船ヲ第一目標トス』と」

角田は断を下した。

鉄砲屋の俺が、戦艦よりも輸送船を優先するとは——と、腹の底で呟いたが、ここは航空の専門家に従った方がよいと考えたのだ。

「『在泊艦船ヲ攻撃スル場合ハ、輸送船ヲ第一目標トス』。第二次攻撃隊に打電します」

復唱を返した岡田に、角田は命令を付け加えた。

「ただし、最優先目標はあくまでクェゼリン本島の敵飛行場だ。その旨も、合わせて伝えてくれ」

4

クェゼリン環礁に在泊するアメリカ合衆国海軍の艦船からは、どす黒い火災煙が、クェゼリン本島の過半を覆っているように見えた。

黒煙は島を覆うだけではなく、空中高く立ち上っている。

礁湖を渡る風は、煙の一部と共に、凄まじい悪臭を運んで来る。

ガソリンや各種の油脂類、飛行場の付帯設備、更には戦死者の肉体が焼ける臭いが混じった臭気(しゅうき)だ。

甲板上では、将兵の多くが咳き込んでおり、食事をもどしてしまう者も少なくなかった。

「第三一任務部隊(TF31)を最優先で避退させろ!」

第二六任務部隊(TF26)旗艦「メリーランド」の艦上では、司令官のトーマス・キンケード中将が慌(あわ)ただしく指示を下している。

　ＴＦ31は、マリアナ諸島の攻略を担当する部隊の第一陣だ。

　ホーランド・スミス中将が率いる第五水陸両用軍団——海兵隊二個師団、陸軍二個師団、総勢約八万五〇〇〇名の兵力を、九〇隻の輸送艦に載せて運んでいる。

　同部隊は、太平洋艦隊主力が日本艦隊を撃滅した後、間を置かずにグアム島の奪回作戦にかかる予定であり、この日の早朝、クェゼリンに入泊した。

　将兵は、クェゼリン本島を始めとする環礁内の島で待機することになっていた。

　ところが、ＴＦ31の到着を見計らったかのように、日本軍の艦上機が空襲をかけて来たのだ。

「ジャップの機動部隊の攻撃には、パターンがあります。最初に空母か飛行場を叩いて制空権を確保し、しかるのちに艦船への攻撃にかかります。クェゼリン本島の飛行場が使用不能になった以上、第二次空襲は、我がＴＦ26かＴＦ31が標的になると見て間違いありません」

　ＴＦ26の航空参謀ジョセフ・マクブライト中佐が、そのように具申したため、キンケードはＴＦ31を最優先で避退させるよう命じたのだ。

「ジャップに限った話ではありませんが、艦爆、艦攻のクルーは、大物を狙いたがる傾向があります」

　ＴＦ26の参謀長デヴィッド・マレル大佐は、キンケードにそのような具申を行っている。

　マレルの言葉通りなら、日本軍は四隻の戦艦——キンケードの旗艦「メリーランド」と姉妹艦の「ウェスト・バージニア」、第二戦艦戦隊(BD2)の「テネシー」「カリフォルニア」を攻撃する可能性が高い。

　だが、日本軍の指揮官がグアム奪回の阻止を最優先で考えるなら、ＴＦ31を攻撃すると考えられる。

　上陸戦では無類の強さを発揮する海兵隊員も、グアム奪回に備えて密林地帯での戦闘訓練を入念に積んだ陸軍の将兵も、船の上では無力だ。

　一分でも一秒でも早く、環礁の外に避退させねばならない。

一四〇〇名近い兵員を乗せたプレジデント・ジャクソン級、アーサー・ミドルトン級等の攻撃輸送艦や物資を満載したベラトリクス級、リブラ級等の攻撃貨物輸送艦が次々と転舵し、クェゼリン本島の北に位置するビゲジ水道へと向かう。

クェゼリン環礁にも、トラック環礁同様、礁湖と外海を繋ぐ水道が複数あるが、合衆国海軍はクェゼリン占領後、ビゲジ水道のみを環礁への出入りに使用し、他の水道は機雷で封鎖している。

一昨年一一月、トラック環礁に日本軍の小型潜水艇が侵入し、油槽船一隻が撃沈されたことから、クェゼリンにも同様の攻撃が仕掛けられる可能性があると考え、使用する水道を一箇所に絞り込んだのだ。

その水道に、第五水陸両用軍団の将兵と戦車、火砲、弾薬、食糧等の補給物資を載せた輸送艦が、我先にと向かう。

だが、各艦の動きは鈍い。

元々、最高速度は一六、七ノットと遅いことに加え、将兵や貨物を積載量の上限まで載せているのだ。

クェゼリン本島の北西から、爆音が聞こえ始めたとき、礁湖の外に避退した輸送艦は、まだ一〇隻に過ぎなかった。

「全艦、対空戦闘準備！」

キンケードの命令が、「メリーランド」の通信室から飛んだ。

ＴＦ26は、ＴＦ31の西側から北西にかけて展開している。

ビゲジ水道から避退する船団と来襲する敵機の間に、立ち塞がる格好だ。

ＴＦ26の所属艦――戦艦四隻、重巡三隻、駆逐艦三二隻の甲板上で、両用砲員、機銃員が走り、一二・七センチ両用砲、二八ミリ機銃、一二・七ミリ機銃に取り付いた。

「来たぞ、ジャップだ！」

「メリーランド」の艦上に最初の叫び声が上がり、

他艦の艦上でも、同様の声が甲板上や艦内を駆け抜けた。

敵の機影は、ＴＦ26の北北東に見えた。八隊の梯団に分かれ、環礁の外縁に沿う形で南下して来る。

「奴らの狙いは輸送船か！」

日本機の動きを見たキンケードは、敵の意図を悟った。

敵はＴＦ26の対空砲火を回避するため、環礁の東側から回り込んで来たのだ。

ＴＦ31の輸送艦は、ＴＦ26の援護射撃をほとんど受けられないまま、敵機の攻撃を受けることになりかねない。

「全艦、ＴＦ31を援護。敵機を射程内に捉えた艦は、直ちに射撃開始！」

キンケードは、麾下全艦に下令した。

ＴＦ31の近くに布陣する第九駆逐艦戦隊のベンソン級駆逐艦、リヴァモア級駆逐艦が、一二・七センチ両用砲を上空に向け、射撃を開始する。

礁湖の中に発射炎が閃き、太鼓を乱打するような砲声が轟く。

ＴＦ31の輸送艦も、一二・七センチ単装両用砲、七・六センチ単装両用砲を撃ち始める。

接近する敵編隊の、前方で、左右で、次々と両用砲弾が炸裂する。

閃光が走り、黒い爆煙が湧き出し、空中を漂う。

日本機一機が火を噴き、墜落し始めると、駆逐艦や輸送艦の艦上で歓声が上がる。

「ざまあ見やがれ、ジャップ！」

「輸送艦だからって舐めるな！」

「一機残らず墜としてやる！」

敵機に向かって拳を突き上げ、罵声を浴びせる者もいる。

前方の敵編隊が散開した。

上空に次々と、凶刃を思わせる鋭い光が走り、敵機の機影が拡大し始めた。

「九九艦爆（ヴァル）！」

の叫び声に、ダイブ・ブレーキの甲高い音が重なった。

開戦以来、合衆国の空母や戦艦に何度も爆弾を叩き付け、飛行甲板に大穴を穿（うが）ったり、上部構造物を爆砕したりして来た急降下爆撃機が、ＴＦ31の輸送艦に、逆落（さかお）としに突っ込んで来たのだ。

戦艦や空母には、一〇機前後のヴァルがまとまって攻撃して来るのが常（つね）だが、この日は三機を一組とした小隊単位で、輸送艦を狙って来た。

多数のヴァルが思い思いの目標に急降下をかける様は、猛禽の群れが盛大な羽音を立てながら、獲物に襲いかかるようだ。

この直前まで沈黙していた四〇ミリ機銃や二八ミリ機銃が火を噴く。

連射音が響き、青白い曳痕の連なりが上空に翔上（かけあ）がる。

急降下をかけるヴァルの正面に四〇ミリ弾が直撃し、炎と共に機体がばらばらになる。

続けて、複数の火箭を集中されたヴァルが主翼を吹き飛ばされ、胴体を引き裂かれて、ジュラルミンの襤褸（ぼろ）と化し、海面に叩き付けられる。

だが、対空火器に搦（から）め捕られるヴァルは少数だ。大部分は真一文字に、各々の目標へと突っ込んで来る。

ビゲジ水道に進入しようとしていた攻撃輸送艦が、最初に被弾した。

艦上の三箇所に、続けざまに爆発光が閃き、火焔が躍った。黒い塵（ちり）のような破片が、炎に乗って空中高く噴き上げられ、周囲の海面に落下して飛沫（しぶき）を上げた。

その一隻を皮切りに、攻撃輸送艦、攻撃貨物輸送艦の艦上に、次々と被弾の炎が上がった。

ヴァルが引き起こしをかけてから数秒後、艦上に爆炎が躍り、あるいは付近の海面に大量の飛沫が奔騰（ほんとう）する。

被弾した輸送艦から噴出する黒煙は、空中高く立ち上り、あるいは礁湖を渡る風に吹かれて、周囲に広がってゆく。

火災煙に視界を遮られた輸送艦が、他艦との衝突を避けて停止したところに、ヴァルの小隊が突入する。

艦の中央に、続けざまに三度の爆発光が閃き、待機していた海兵隊員の肉体が破片と共に、空中に放り出される。

両用砲の砲声、機銃の連射音、ヴァルのダイブ・ブレーキ音、エンジン音、爆弾の炸裂音が響く中、輸送艦の乗員や、海兵隊員、陸軍兵士の絶叫や怒号(どごう)が上がる。

それらも、新たな炸裂音にかき消されてゆく。

ヴァル全機が投弾を終えたとき、輸送艦九隻が黒煙を噴き上げ、その場に停止するか、速力を大幅に衰えさせていた。

一発だけの被弾で済んだ艦は、上部構造物の一部を損傷したり、上甲板を破壊されたりした程度で済んだが、複数の爆弾を受けた艦の多くは行き足(あし)が止まり、艦内や甲板上で炎が跳梁(ちょうりょう)していた。

「九七艦攻(ケイト)！」

被弾を免(まぬか)れた輸送艦の艦上で、新たな叫び声が上がった。

合衆国の軍艦に魚雷を叩き込み、多大な損害をもたらした艦が、整然たる編隊形を組み、健在な輸送艦の上空に接近して来る。

ヴァルを射撃していた両用砲が、ケイトに向けられる。

砲声が立て続けに轟き、敵編隊の前方や左右に黒い爆煙が湧き出す。

一機、二機と、被弾したケイトが落伍し、あるいは炎を引きずりながら墜落するが、敵機は編隊形を崩すことなく向かって来る。

一斉に投下された多数の爆弾が、輸送艦の頭上から降って来た。

爆弾のうち、約半数は空中で爆発して、輸送艦の頭上から無数の焼夷榴散弾と弾片を飛散させた。

焼夷榴散弾を受けた輸送艦が、複数箇所で火災を起こし、甲板上で弾片に切り裂かれた乗員や海兵隊員、陸軍兵士が、朱に染まって絶叫した。

焼夷榴散弾を浴び、背中に炎を背負いながら、海面に飛び込む者もいる。

およそ一時間前、クェゼリン本島の飛行場で現出した光景が、輸送艦の艦上でも再現されていた。

ケイトが投下した爆弾の半数は、輸送艦の艦上か海面で爆発する。

外れ弾は海面で爆発し、飛沫を上げるだけだが、輸送艦への直撃弾は、上甲板を大きく抉り、艦橋や煙突、デリック・ブーム等の上部構造物を爆砕し、艦上、または艦内に火災を起こさせた。

投弾を終えた日本機が飛び去ったとき、輸送艦二二隻が炎上し、黒煙を噴き上げていた。

飛び散った焼夷榴散弾や弾片の一部を浴び、小火災を起こしただけに留まった艦もあるが、艦橋の真上で敵弾が炸裂し、無数の焼夷榴散弾と弾片を受け、艦上の複数箇所で同時に火災を起こした艦もある。

艦尾に被弾し、その場に停止した艦や、猛煙に包まれ、艦上をほとんど視認できない艦もある。

総員退艦が命じられた艦もあり、乗員と共に、乗艦していた海兵隊員や陸軍の歩兵が、重油が漂う海面に身を躍らせていた。

「第八、第九駆逐艦戦隊は、被弾した艦の消火協力に当たれ。溺者救助は、クェゼリンの哨戒艇、駆潜艇に要請せよ」

「メリーランド」の艦橋では、キンケードが矢継ぎ早に命令を下している。

努めて平静を装っているが、腹中は悔しさと憤りで一杯だ。

TF31の護衛任務をほとんど果たせず、来襲した日本機に、輸送艦を一方的に蹂躙されたのだ。

艦の損害以上に、艦が運んでいた海兵隊員や陸軍の将兵、補給物資の被害が大きい。

戦死者数はまだ判明していないが、相当数が艦上で戦死したり、重傷を負ったりしたのは確かだ。

グアム奪回作戦は、大幅な見直しを余儀(よぎ)なくされることになるであろう。

「敵の位置は、まだ突き止められないか？」

キンケードは、マレル参謀長に聞いた。

第一次空襲の終了後、TF26は戦艦四隻の搭載機ヴォートOS2U〝キングフィッシャー〟四機と、クェゼリン本島で空襲を免れたコンソリデーテッドPBY〝カタリナ〟三機を発進させ、日本艦隊の所在を探らせている。

敵の位置が判明すれば、TF26の全艦を挙げて突撃し、四〇センチ砲、三五・六センチ砲の猛射を浴びせて、叩きのめしてやるところだが——。

「現在のところ、報告は届いておりません」

マレルは返答した。

「ジャップの直衛機に撃墜されたということはないか？」

「その場合は『我、敵機の攻撃を受く』との報告が入るはずです」

キンケードは、幕僚たちに告げた。

「救助作業を進めつつ、報告を待とう。TF31の仇(かたき)を取らねばならんからな」

5

「五航戦の艦爆隊には、空中戦や対空砲火による未帰還機はありましたが、帰路に燃料不足で墜落した機体はありません。攻撃隊の発進後、間合いを詰めて下さったことに感謝いたします」

第一次攻撃隊総指揮官の高橋赫一少佐は、第四艦隊旗艦「翔鶴」の艦橋に上がり、角田覚治司令長官に報告した。

高橋は、第一次攻撃隊の帰還機を艦隊上空まで誘導したが、着艦の順番は部下に譲り、自身は最後に降りたのだ。

途中で落伍した機体がないかどうかを、空中で確認していたようだった。

「御苦労」

角田は答礼を返し、微笑した。

続けて、岡田次作参謀長が言った。

「報告電の中に在泊艦船の情報があったため、第二次攻撃隊は目標を敵艦、特に輸送船に切り替えた。攻撃隊指揮官からは、輸送船二二隻を撃沈破した旨、報告が届いている」

「二二隻では、クェゼリンにいた輸送船の半分にもなりません。第一次攻撃隊の帰還機で、第三次攻撃をやらせていただけませんか？」

高橋は、顔を上気させて言った。

いかにも意気軒昂であり、すぐにでも艦爆に搭乗して、発艦しそうな勢いだった。

「攻撃隊は、帰ってきたばかりではないか。搭乗員は疲労していると思うが」

増田正吾首席参謀が言った。

第四艦隊の首席参謀に任じられる前は、空母「土佐」の飛行長を務めていた人物だ。一度の作戦行動で搭乗員がどれほど消耗するか、知悉している。

「帰還機に燃料、弾薬を補給している間に、休息は取れます。一時間も休めば充分です」

「作戦目的は既に達成されている」

増田は言った。

第四艦隊の任務は、第一次攻撃が終了した時点で完了している。

第二次攻撃で叩いた敵の輸送船は、当初の予定には入っていなかった目標だ。

敵地に留まる危険を冒さず、第二次攻撃隊の収容が終わり次第、引き上げるべきではないか。

増田は、そう主張したいようだった。

「機会があれば、敵に少しでも多くの損害を与えるべきです」

力を込めて主張した高橋を抑えるように、岡田が言った。

「帰還機全てが、すぐに再出撃可能というわけではあるまい。艦橋から見た限りでも、弾痕が目立つ機体があった。使用可能な機数を調べた上で、決めてはどうか？」

　岡田が言い、角田も頷いた。

「各空母に、『攻撃隊帰還機ノ内、再出撃可能ナ機数ヲ報告セヨ』と命じてくれ」

　報告を真っ先に送って来たのは、六航戦旗艦「紅鶴」だった。

「第一次攻撃隊帰還機ハ艦戦一五機、艦攻一四機。内、艦戦、艦攻共一二機再出撃可能」

　続けて、同じ六航戦の「雄鶴」より、

「再出撃可能機数、艦戦一一機、艦攻一二機」

と報告が上げられ、五航戦の「瑞鶴」からも、

「再出撃可能機数、艦戦一〇機、艦爆一一機」

　との報告が届いた。

最後に「翔鶴」の飛行長根来茂樹中佐より、

「再出撃可能な機数は、艦戦一〇機、艦爆一二機です。帰還機は艦戦一五機、艦爆一四機ですが、艦戦五機、艦爆二機は、すぐには修理できないと判断されました」

　との報告が上げられた。

「艦戦の被害が、意外に多いな」

　増田が呟き、高橋に顔を向けた。

　クェゼリンの敵戦闘機は、それほど強力だったのか、と問いたげだった。

「敵機は、ロッキードの双つ胴でした。F4Fよりも速く、火力も大きい機体ですが、艦戦隊は身体を張って、艦爆、艦攻を守ってくれました。艦戦隊の貢献がなければ、第一次攻撃は成功したかどうか分かりません」

　高橋の答には、艦戦隊への感謝とクェゼリン上空に散った搭乗員への哀悼の意が込められているように感じられた。

「艦上機の半数を艦戦で固めたことが効きました

な」

　岡田が満足げに言った。

　帝国海軍では戦闘機を重視しており、正規空母における艦戦、艦爆、艦攻の割合は、二対一対一となっている。艦爆、艦攻一機につき、艦戦一機が付く形だ。

　基地航空隊でも、夜間攻撃を除いて、攻撃には必ず戦闘機の護衛を付けるよう定められている。

「艦爆、艦攻、陸攻は、戦闘機には弱い。投弾前に撃墜されては、作戦の失敗だけではなく、機体と搭乗員が無為に失われる。作戦を成功させ、生還率を高めるためには、戦闘機の護衛が不可欠である」

　との理由から、戦闘機の割合が増やされたのだ。

　クェゼリンへの第一次攻撃でも、攻撃隊の半数を零戦が占めていたことで、P38の猛攻から艦爆、艦攻を守り、投弾を成功させることができたのだ。

「第三次攻撃に使用可能な機数は、艦戦四三機、艦爆二三機、艦攻二四機です。目標を輸送船に絞れば、戦果の拡大は充分可能です」

　入佐俊家航空甲参謀が、力を込めて言った。

　やるべきです、長官——と言いたげだ。

　元は陸攻隊で、飛行隊長を務めていた男だ。

　許されるなら、自ら操縦桿を握ってクェゼリン上空に飛んで行きたい、とでも言いたげな闘志を感じさせた。

「よし、やろう」

　角田は頷き、喜色を浮かべた高橋に笑いかけた。

「思いがけず、大戦果が上がったのだ。これだけの戦果を上げる機会が、また得られるかどうか分からん。敵は、叩けるときに叩いておこう」


　第三次攻撃隊がクェゼリン環礁の上空に到達したのは、一一時三九分だった。

　日本時間では正午前だが、現地時間では一四時三九分だ。

熱帯圏の陽光は燦々と降り注いでいるが、太陽は西に傾きかけている。

　気象班が知らせた日没の時刻は、一六時一四分（現地時間一九時一四分）だ。

　第三次攻撃隊は、第一次攻撃隊の帰還機で編成されているが、日没まで四時間半以上あることを考えれば、第二次攻撃隊帰還機による第四次攻撃も実施されるかもしれない。

「右前方に火災煙。複数です」

　空母「雄鶴」の艦攻隊隊長三上良孝大尉の耳に、偵察員を務める竹原貞善飛行兵曹長の声が届いた。

　開戦から、一貫して三上と組んでいるベテランだ。

　新鋭空母「雄鶴」の竣工に伴い、三上が「加賀」艦攻隊の第三中隊長から「雄鶴」の艦攻隊隊長に異動したときも、三上と共に転属になっている。

　三上は、右前方を見やった。

　何条もの黒煙が、空中高く立ち上っている。一番奥に見えるものが、最も太く、高い。

「一次で、俺たちがやった奴だな」

　三上は独りごちた。

　第一次攻撃では、艦爆も、艦攻も、在泊艦船には目もくれず、クェゼリン本島の敵飛行場を叩いた。

　多数の二五番、五〇番、八〇番の投下によって、飛行場は猛火と猛煙に包まれ、ほとんど視認できないほどになった。

　そのときの火災が、未だに鎮火に至らず、燃え続けているのだ。

「敵発見。右四五度。突撃隊形作れ」

　無線電話機のレシーバーに、総指揮官高橋赫一少佐の声が響いた。

「三上一番より『雄鶴』隊。突撃隊形作れ」

　三上は、指揮下にある一一機の九七艦攻に下令した。

　三上機も含め、一二機の九七艦攻は、六機ずつの二個中隊に分かれ、三角形の陣形を作る。

　艦攻の中隊は九機で一組だが、第一次攻撃終了後の稼働機は一二機に減少したため、一個中隊が六機の編成になったのだ。

三上の第一中隊では、三上機が後ろに下がり、嚮導機を務める森永隆義（もりながたかよし）飛行兵曹長の機体が先頭に立つ。

「第三次攻撃では、艦攻は雷装で出撃すべきではないか」

との意見もあったが、環礁内は水深が浅く、雷撃が無効となる可能性が高いため、第一次攻撃同様、爆装で出撃したのだ。

第一次攻撃では、艦攻は五〇番陸用爆弾と八〇番三式爆弾を搭載していたが、第三次攻撃では全機が五〇番徹甲爆弾を胴体下に抱えていた。

攻撃隊は、高橋機の誘導に従い、クェゼリン環礁の南端付近に飛ぶ。

「あれか」

三上は、その呟きを漏らした。

敵の艦船は、クェゼリン本島の北西にある南水道とキーヨ水道から脱出を図っている。

彼らはビゲジ水道を除き、全ての水道を機雷で封鎖したとの情報があるが、在泊艦船を脱出させるため、機雷を除去したのかもしれない。

「敵戦闘機はいないか？」

「周囲に敵影なし」

「よし！」

竹原の返答を聞き、三上は満足の声を漏らした。

第一次攻撃ではP38の迎撃を受けたが、今、クェゼリンの上空に星のマークの機体は一機もない。

P38はクェゼリン本島の飛行場を徹底破壊されたため、環礁内にある島の平地に不時着したのだろう。

攻撃隊、特に艦爆、艦攻を脅かすものは、敵の対空砲火だけだ。

「高橋一番より全機へ。敵の護衛は環礁の出口付近に集中している。環礁の外に迂回（うかい）する」

「江間一番、了解」

「藤崎（ふじさき）一番、了解」

高橋の指示に、「瑞鶴」艦爆隊隊長、「紅鶴」艦攻隊隊長が返答する。

「紅鶴」艦攻隊隊長の岩井健太郎大尉は第一次攻撃で未帰還となったため、第二中隊長の藤崎正三(しょうぞう)大尉が指揮を執っているのだ。

「三上一番、了解」

三上も返答し、高橋機の誘導に従って、機体を右に旋回させた。

「後続機、どうか?」

「全機、我に続行中」

「了解!」

三上の問いに、電信員の飯森清太(めしもりせいた)一等飛行兵曹が返答する。

海上に発射炎が閃き、攻撃隊の前方や左方に爆炎が湧き出す。

弾量は、さほど多くない。

護衛艦艇のうち、攻撃隊を射程内に捉えている敵艦は一部だけのようだ。

大部分は、輸送船が自ら撃っていると思われた。

「油断は禁物だ」

口中で、三上は呟いた。

戦闘艦艇であれ、輸送船であれ、装備されている一二・七センチ両用砲の破壊力は同じだ。至近距離で敵弾が炸裂すれば、致命傷を受ける。

(母艦に足を降ろしたときが、作戦終了だ。いや、母港に帰投したときか)

そんなことを考えつつ、三上は九七艦攻を操り、高橋が直率する「翔鶴」艦爆隊に追随した。

「全軍、突撃せよ!」

頃合いよしと見たのだろう、高橋が鋭い声で下令した。

第一次攻撃同様、艦爆隊が真っ先に突撃を開始した。

各中隊毎ではなく、三機一組の小隊単位に分かれて、敵船団に突っ込んで行く。

船そのものの撃沈よりも、積み荷に被害を与えることに重点を置いているためだろう。できるだけ多数の船に命中弾を与えようとしているのだ。

ほどなく、海面から新たな黒煙が立ち上り始めた。

一条、二条と、数が増えてゆく。

「翔鶴」「瑞鶴」の九九艦爆が、目標に肉薄し、二五番を叩き込んでいるのだ。

「今度は俺たちだな」

三上は呟いた。

六航戦旗艦「紅鶴」の艦攻隊は南水道に向かい、「雄鶴」の嚮導機はキーヨ水道に機首を向けている。

三上も、森永飛曹長の誘導に従い、キーヨ水道へと向かう。

「雄鶴」隊の前方では、敵弾が次々と炸裂し、黒煙が行く手を遮る。

森永機は、躊躇うことなく黒煙の中に「雄鶴」隊を誘導する。高速で回転するプロペラが煙を巻き込み、後方へと吹き飛ばしてゆく。

機長の森永は、中央の偵察員席で照準器を覗き込み、投弾の時機を計っているはずだ。

三上は森永機の動きを注視し、そのときを待った。

「今だ！」

森永機の胴体下から黒い塊が離れるのを見て、三上は叫んだ。

「てっ！」

伝声管を通じて、竹原の声が伝わった。

三上機は、見えない指につまみ上げられるように上昇した。

重量五〇〇キロの五〇番徹甲爆弾を投下した反動で、機体が飛び上がったのだ。

「全機投弾！」

後続機の動きを睨んでいた飯森が報告する。

「雄鶴」艦攻隊は、投弾前に一機も損なわれることなく、一二機全機が五〇番を投下したのだ。

「どうだ？」

なおも両用砲弾が撃ち上げられる中、三上は自問した。

水平爆撃は、命中率が悪い。

相手が鈍足の輸送船といっても、移動目標に直撃させるのは容易ではない。

五〇番一二発のうち、何発が目標を捉えられるか。

待つことしばし、おどろおどろしい炸裂音が上空まで届いた。

「やったか⁉」

三上は、思わず叫び声を上げた。

五〇番が炸裂しただけでは、あれほどの音量にはならない。誘爆によるものと推察された。

「丸山三番より三上一番。敵輸送船二に命中弾。うち一隻、大火災！」

三上のレシーバーに、興奮した声で報告が届いた。

「雄鶴」隊の最後尾に位置する、第二中隊第二小隊の三番機だ。

三上は、後方を振り返った。

「雄鶴」隊の後方に、大量の黒煙が立ち上っている。

クェゼリン本島から上がる火災煙にも負けないほどだ。

首をねじ曲げ、海面に目をやると、前後左右に激しく炎を噴き出している船が見えた。

上部構造物も、船体も、炎と黒煙に覆われてほとんど視認できない。煙が海上にわだかまっているだけにも見える。

おそらく、弾薬か航空燃料を輸送していた船であろう。

船倉に満載されていた積み荷は、本来なら日本軍の将兵を殺傷するのに用いられるはずだった。

それが、九七艦攻が投下した五〇番によって誘爆を起こし、輸送船を内側から破壊したのだ。

嚮導機が、右に大きく旋回する。

森永飛曹長は、僚機を敵の射程外に誘導しようとしているのだ。

三上は操縦桿を右に倒し、森永機に追随した。

両用砲弾はなおも追いかけて来たが、次第に間遠になり、やがて止んだ。

「雄鶴」隊は、敵の射程外に脱したのだ。

三上は、今一度、環礁内に視線を転じた。

キーヨ水道の周囲に立ち上る二条の黒煙は、「雄鶴」隊の戦果だ。

南水道付近にも、同じように二条の黒煙が見える。こちらは、「紅鶴」隊の戦果であろう。

六航戦に所属する艦攻隊は、共に二隻ずつの戦果を上げたのだ。

「高橋一番より全機へ。帰投する！」

高橋少佐の声が、レシーバーに届いた。

一足先に投弾を終えた艦爆隊は、既に集合を終え、母艦がある北西に機首を向けている。

出撃時に比べ、明らかに機数が減っている。

艦爆は目標の間近まで肉薄するため、艦攻よりも被弾する可能性が高い。

敵に突っ込む過程で対空砲火を浴び、何機かが撃墜されたのだろう。

「三上一番より『雄鶴』隊、帰投する」

三上も麾下の全機に命じ、高橋が率いる「翔鶴」艦爆隊の後方に付けた。

クェゼリン環礁が、後方に遠ざかって行く。

（第三次攻撃の戦果は、どの程度だったのだろう？）

その疑問が、ちらと三上の脳裏をかすめた。

第一次、第二次攻撃隊に比べ、機数が少ない分、仕留めた輸送船の数も少ないと思われるが、敵のうち一隻は誘爆大火災を起こしている。

この一隻だけで、敵には相当な打撃となったのではないか。

今一度、自分の目で戦果を確認したい気持ちはあったが、三上は振り返ろうとしなかった。

クェゼリン環礁のキーヨ水道付近では、ＴＦ31が恐慌状態に陥っていた。

沈没した輸送艦から漏れ出した重油に着火し、重油火災が発生したのだ。

重油は燃えにくいが、他の可燃物と混ざると、火が付きやすくなる。

何が重油と混合したのかは不明だったが、火の付いた重油は水道の周囲に拡大し、輸送艦から脱出した乗員や海兵隊員、陸軍歩兵を呑み込み始めた。

海面の至るところで絶叫が上がり、炎の中にもがく影が見えるが、すぐに動かなくなる。

拡大する炎は、他の艦にも襲いかかり、真っ赤な舌のように艦腹を舐める。

艦長は慌てて「後進一杯！」を下令するが、不用意に後進した艦に、海面に漂う将兵が巻き込まれて行く。

被害は、キーヨ水道の周辺だけではない。

他に九隻の輸送艦が、一発乃至二発を被弾している。

うち七隻が、海兵隊や陸軍部隊の輸送艦であり、艦内には無数の弾片を浴びたり、爆風になぎ倒されたりした兵士の死体が折り重なり、そこここで負傷者が苦痛の呻きを上げている。

火災を起こした艦では、乗員や陸兵が炎に追い立てられるようにして海に飛び込む。

足を負傷し、自力では動けない者は、炎に呑み込まれ、ひとしきりもがいて動かなくなる。

被弾した輸送艦の周囲では、ＴＦ26の駆逐艦や、クェゼリンに在泊していた哨戒艇、駆潜艇、掃海艇といった小艦艇が、消火協力や脱出した将兵の救助に当たっている。

だが、跳梁する炎は容易に消し止められず、乗員や陸兵と共に艦を焼いてゆく。

溺者救助も、遅々として進まない。

艦外に脱出した者の数が多すぎ、船の数が足りないのだ。

ようやく一〇〇人程度を救出した哨戒艇が、最寄りの島に彼らを上陸させ、現場に戻ってみると、溺者の数が以前よりも増えている有様だ。

被弾した輸送艦の内も、海面も、更には救助活動に当たる艦艇の上も、地獄さながらの様相を呈していた。

ＴＦ26司令官トーマス・キンケード中将は、絶望の面持ちで礁湖の様子を見つめている。

第二次空襲だけでも、ＴＦ31の輸送艦に相当な被害が生じたが、その救出活動が終わらないうちに、更なる犠牲が生じたのだ。

死傷者の数がどれぐらいになるのか、見当もつかない。

責任の大部分は、ＴＦ31の護衛に当たっていたキンケードに帰する。

合衆国海軍に奉職して以来、積み上げて来た実績も、軍人としての未来も、全て失われたことを、キンケードは自覚していた。

「司令官、偵察機からの報告が入りました。本艦のキングフィッシャーです」

「メリーランド」の通信室とやり取りをしていたデヴィッド・マレル参謀長が言った。

キンケードが待ち望んでいた報告が、ようやく届いたのだ。

「敵艦隊発見。位置、『クェゼリン』本島よりの方位三一五度、一五〇浬。敵は空母六、巡洋艦三、駆逐艦一〇。一一時四三分」

マレルは、偵察機の報告をそのまま伝えた。

「クェゼリンからの距離一五〇浬だと？」

キンケードは、脳裏に敵の位置と手持ちの戦力を思い描いた。

指揮下にある戦力は、戦艦四隻、重巡三隻、駆逐艦三二隻。

戦艦は速力が遅い旧式艦だが、巡洋艦、駆逐艦は三〇ノット以上を発揮できる。

距離一五〇浬なら、三〇ノットで飛ばせば、五時間で捕捉が可能だ。

日本艦隊が、更なる戦果拡大を狙い、クェゼリン近海に留まれば、叩ける可能性がある。

「参謀長、第五巡洋艦戦隊(CD5)とDF9を敵艦隊に向かわせろ」

「CD5はともかく、DF9は消火協力と溺者救助に当たっていますが」

「敵艦隊の捕捉、撃滅を優先する」

断固(だんこ)たる口調で、キンケードは言い切った。

たとえ防御力の乏しい輸送船団であろうと、合衆国海軍が一方的に叩きのめされるなど、許されることではない。

日本艦隊に一矢(いっし)を報いなければ、合衆国海軍の名誉に関わる。

「分かりました。CD5とDF9を、敵艦隊に向かわせます」

マレルが命令を復唱し、通信室を呼び出した。

だがこのとき、「メリーランド」のCXAM対空レーダーは、方位三一五度、七〇浬地点に新たな目標を捉えていた。

第四艦隊の第二次攻撃隊帰還機で編成された、第四次攻撃隊の機影だった。

6

「山本五十六(ヤマモト)は、我が軍の弱点を衝いて来たな」

アメリカ合衆国太平洋艦隊司令長官ハズバンド・E・キンメル大将は、呻くような声で言った。

「クェゼリン空襲さる」の第一報が、太平洋艦隊旗艦「ニューハンプシャー」に届いたのは、この日の八時四一分（クェゼリン時間一〇時四一分）だ。

報告を受け取ったキンメルは、

「馬鹿な！　今の状況でクェゼリンが攻撃されるなど……！」

と叫んだが、すぐにあり得ない話ではない、と思い直した。

クェゼリンは、トラック環礁に航空兵力を空輸するための中継基地だ。同地の飛行場がなければ、B17をトラックに展開することはできない。

日本軍はそのことを知っており、トラックを孤立させるため、クェゼリンを襲ったのだ。

気を取り直したキンメルは、トーマス・キンケードTF26司令官に、

「クェゼリン、並びにTF31を守ると共に、敵の発見、撃滅に努めよ」

との命令電を送った。

クェゼリン空襲の被害状況が判明したのは、この日の一九時過ぎだ。

クェゼリン本島の飛行場は大被害を受け、現地の設営部隊のみでは、復旧は不可能。

飛行場の機能回復には、設営部隊の大規模な増援と、大量の修理用資材、土木機材が必要となる。

艦船の被害はTF31に集中し、輸送艦多数が撃沈破された。

日本軍は、TF31の輸送艦を一隻残らず撃沈しようとでも考えたのか、第三次、第四次と空襲を繰り返したのだ。

過去の日本軍には見られなかった、執拗（しつよう）な攻撃と言える。

TF31の輸送艦九〇隻のうち、沈没は一七隻、被弾損傷は二六隻、他艦の火災に巻き込まれて損傷した艦が九隻と報告されている。

艦上における戦死傷者については、まだ判明していないが、輸送艦の多くは、第五水陸両用軍団の将兵を乗せていたのだ。

戦死者が、凄まじい数になるのは間違いない。

仮に、太平洋艦隊が日本艦隊との決戦に勝利を得、中部太平洋の制海権を握ったとしても、第五水陸両用軍団がなければ、グアム島は奪回できない。

今後の対日作戦は、計画の大幅な遅延を余儀なくされる。

それだけではない。

何万もの将兵が無為に失われたとなれば、世論の非難は海軍に集中する。下手をすれば、大統領の責任問題にまで発展するかもしれない。

日本軍のクェゼリン攻撃は、トラック環礁と本国（ステーツ）の連絡線だけに留まらず、海軍と合衆国政府に対する国民の信頼をも断ち切る可能性があるのだ。

クェゼリンにおける被害は、これまでにないほど甚大な打撃を合衆国にもたらしたと言える。

「クェゼリンに目を付けたのは、ヤマモトかもしれぬな」

誰にともなしに、キンメルは言った。

「あるいはヤマモトの幕僚の中に、合衆国に駐在した経験を持つ者がいるのかもしれぬ。いずれにせよ、我が合衆国では世論が大きな力を持つことをよく知っている」

「長官、今はクェゼリン空襲への対処を優先すべきです」

参謀長ウィリアム・スミス少将の言葉に、キンメルは自身を取り戻した。

「クェゼリンを攻撃したジャップの艦隊は？」

「日没間際（まぎわ）まで、クェゼリン本島よりの方位三一五度、一五〇浬の海面に留まっていましたが、その後は針路を二七〇度に取り、離脱しています。TF26は、巡洋艦三隻、駆逐艦一六隻を第二六・二任務群（TG26・2）として分派し、追跡していますが、敵を捕捉したとの報告はありません」

キンメルの問いに、首席参謀のチャールズ・マックモリス大佐が答えた。

「TG26・2は、クェゼリンに引き返させた方がよいと考えます。一五〇浬もの距離があっては、捕捉はまず不可能です。それどころか、夜明け後に空襲を受ける危険があります」

航空参謀のケヴィン・パークス中佐が具申した。

索敵機の報告電は「ニューハンプシャー」の通信室でも受信しており、太平洋艦隊司令部は、日本艦隊の陣容を把握している。

クェゼリンを襲った敵艦隊の編成は、空母六隻、巡洋艦三隻、駆逐艦一〇隻だ。

TG26・2が捕捉に成功すれば、雷爆撃によって敵空母を沈められるかもしれないが、日本艦隊がクェゼリンから遠ざかりつつある現在、その見込みはない。

「私も、航空参謀と同意見です。TG26・2はクェゼリンに引き返させ、溺者救助に当たらせた方がよいでしょう」

スミスも、パークスに続いて具申した。

「いいだろう。日本艦隊の追跡を中止するよう、TF26に命令を送ってくれ」

キンメルは、スミスとパークスの具申を容れた。

(キンケードも、混乱しているのかもしれぬ)

TF26司令官の性格を思い出しながら、キンメルは呟いた。

トーマス・キンケード中将は、派手さはないが、堅実な戦いを旨とする指揮官だ。海兵隊や陸軍など、他部隊との協調性にも優れている。

一五〇浬も遠方にいる日本艦隊の追跡を命じるとは、キンケードらしからぬ行動だが、輸送船多数の撃沈と、将兵多数の戦死を目の当たりにして、理性の箍が外れてしまったのではないか。

「もう一つ。トラックにいる駆逐艦や輸送艦を、クェゼリンに派遣したい。その手配もしてくれ」

キンメルは、思い出して付け加えた。

トラックからクェゼリンまでは、急いでも二日はかかるが、五二隻もの輸送艦が被害を受けたとなれば、事態の収拾には数日を要する。

手は、幾らあっても足りないはずだ。

「分かりました。クェゼリンに、駆逐艦や輸送艦を派遣します」

スミスが復唱を返した。

「日本艦隊はいかがなさいますか?」

太平洋艦隊にとっては、こちらの方が重要です——そう言いたげな口調で、マックモリスが聞いた。

「クェゼリン離脱後の日本艦隊は、どこを目指しているのだろうか?」

「おそらく、サイパンでしょう。同地で、燃料や弾薬の補給を図ると推測されます」

キンメルの問いに、航海参謀のジョニー・マイケルズ中佐が答えた。

「サイパン到達までの時間は？」

「約七二時間と見積もられます。最短ルートを、日本艦隊の巡航速度である一八ノットで航行した場合ですが」

「三日後、つまり七月一九日の夜か」

キンメルは、机上に広げられている中部太平洋の地図を睨んだ。

漠然（ばくぜん）とした考えが、形を整えつつある。

昨年四月二五日、サイパン島の沖で試みて失敗した作戦だが、今度は成功させ得るのではないか。

「第二三任務部隊（TF23）に第二巡洋戦艦戦隊（BCD2）を付けて、サイパンの東方海上に向かわせよう。レキシントン級の主砲で、ジャップの空母を打ちのめしてやる」

キンメルは断を下した。

TF23は新鋭空母のエセックス級三隻を中核とする機動部隊で、ジョン・S・マッケーン少将が指揮を執っている。

BCD2はレキシントン級巡洋戦艦三隻で編成された部隊で、「コンステレーション」「サラトガ」「ユナイテッド・ステーツ」の三隻を擁している。

「コンステレーション」は、昨年四月二五日のマッピ岬沖海戦（サイパン沖海戦の米側公称）に参加したレキシントン級巡戦四隻の中で、ただ一隻生還した艦だ。

司令官のジョン・S・マーカム少将は、開戦時はアジア艦隊隷下の第七戦艦戦隊（BD7）で司令官を務め、三隻のニューメキシコ級戦艦を率いた経験を持つ。

同艦隊では、サウス・ダコタ級戦艦四隻が失われたが、マーカムは指揮下の戦艦三隻を、本国に連れ帰っている。

日本艦隊との決戦では、「フィリピンでの屈辱を晴らしてやる」と意気込んでいた男だ。

これらの艦で、サイパンに帰還する日本艦隊を待ち伏せ、殲滅(せんめつ)するというのが、キンメルの作戦案だった。

「サイパン、テニアン、グアムには、日本軍の基地航空部隊が展開しています。交戦海域によっては、ＴＦ23はマリアナの基地航空隊と、母艦航空隊の両方を相手取る可能性があります」

異議を唱えたマックモリスに、パークス航空参謀が反論した。

「マリアナの基地航空隊は、第一二航空軍(12ＡＦ)のＢ17を相手取るだけで手一杯です。また、日本艦隊の母艦航空隊は、今日のクェゼリン攻撃で消耗したと考えられます。仮に、マリアナのベティや日本艦隊のヴァル、ケイトが襲って来たとしても、エセックス級の戦闘機隊で充分対処できるはずです」

「航空参謀が言うなら、間違いはないだろう」

キンメルは、満足感を覚えた。

パークスは航空の専門家として、慎重策を唱えることが多かった。

だが、そのパークスが「マリアナの基地航空隊も、日本艦隊の母艦航空隊も脅威にならない」と断言しているのだ。

ＴＦ23とＢＣＤ２を出撃させれば、日本軍の空母六隻を一挙に葬(ほうむ)り去れる。

「ＴＦ23を出した場合、トラックの航空兵力が手薄になります」

スミスが注意を喚起した。

三隻のエセックス級が不在になれば、太平洋艦隊主力の頭上を守るのは、トラックに展開する陸軍航空隊と海兵隊航空部隊だけだ。

３ｒｄＭＡＷと12ＡＦだけでトラックを守り切れるだろうか、と懸念している様子だった。

「トラックのＦ４ＦとＰ38は、敵機の撃墜だけに専念すればよく、日本軍よりも有利に戦えます。トラックの制空権は、彼らだけで確保できるでしょう」

パークスが言った。

新たな反対意見は出なかった。

キンメルは満足して頷き、スミスに命じた。

「マッケーン少将とマーカム少将を、本艦に呼んでくれ」

第四章　環礁燃ゆ

1

連合艦隊司令部は、クェゼリン攻撃の成否を、第四艦隊からの報告電によって知った。

「攻撃終了。『クェゼリン本島』ノ敵飛行場、並ビニ在泊艦船ニ命中弾多数。敵飛行場ハ使用不能。敵輸送船ノ撃沈一七隻、撃破二六隻。作戦目的ハ達成セルモノト判断ス。我ガ方ニ艦艇ノ被害ナシ。一八三〇」

「うむ！」

通信参謀和田雄四郎中佐が報告電を読み上げると、大西滝治郎参謀長が満足げな声を上げた。

「流石は、帝国海軍が誇る闘将コンビだ」

山本五十六連合艦隊司令長官も顔をほころばせた。

第四艦隊司令長官角田覚治中将も、次席指揮官の第六航空戦隊司令官山口多聞中将も、敢闘精神の旺盛な指揮官として知られている。

「あの二人を組ませたのでは、敵情不明のままで猪突猛進し、クェゼリン到達前に、敵に発見されるのではないか」

と懸念する声もあったが、角田と山口のコンビはその声を撥ね返し、大戦果を上げたのだ。

「同期の誇りです、山口は」

大西が、顔を上気させて言った。

大西と山口は共に海兵四〇期の出身であり、航空の専門家でもある。

その山口が、角田と組んで大戦果を上げたことを、我が事のように喜んでいた。

「四艦隊に負けてはいられません。連合艦隊の主力も行動を起こすときではないでしょうか？」

大西が言い、「香椎」の周囲を見渡した。

「香椎」は現在、第一、第二、第三艦隊の各艦と共に、パラオ諸島のマラカル港に入港している。

「香椎」は本来、少尉候補生の航海実習を主目的に建造された練習巡洋艦であり、戦闘には不向きだ。

山本は、「香椎」がパラオに進出した理由を、

「井上に、内地から追い出されたよ」

と、苦笑交じりに語っている。

「太平洋艦隊との決戦に当たり、旗艦が内地にこもっているという法はありません。長官御自身が戦艦や空母に乗られる必要はありませんが、決戦場に近い場所で、作戦全般の指導に当たられるべきです」

井上成美海軍次官は、山本にそう言って、「香椎」のパラオ進出を強く勧めたのだ。

時刻は日没を迎えたばかりであり、薄闇（うすやみ）の中、戦艦や空母の巨大な艦影がうっすらと見えている。

連合艦隊の主力は、旗艦「香椎」と共に、米太平洋艦隊との決戦に備え、前線基地があるパラオまで前進したのだ。

トラック環礁までの距離は、約九五〇浬。

機動部隊であれば、二日で同地を攻撃圏内に捉えられる。

今、すぐにでも各艦隊に出撃を命じるべきだ、と言いたげだが――。

「今少し、様子を見てはいかがでしょうか？　クェゼリンが壊滅した以上、トラックの米太平洋艦隊は、必ず動きを起こします。敵の動きを見てから行動を起こした方が、間違いがないと考えます」

榊久平航空参謀が発言した。

「貴官が主張していた、各個撃破かね？」

「はい」

大西の問いに、榊は即答した。

クェゼリンが大被害を受けたとなれば、米太平洋艦隊は四艦隊の捕捉・撃滅を図る可能性が高い。

おそらく、トラックにいる空母を繰り出すはずだ。

必然的に、米軍の航空兵力は分散を余儀なくされ、パラオの連合艦隊主力には、敵を各個撃破する機会が生まれる。

内地の作戦会議で、榊がこの案を説明したとき、

「四艦隊を囮（おとり）に使おうというのか⁉」

大西が顔を仁王像（におうぞう）のように歪（ゆが）め、怒声（どせい）を上げた。

空母六隻を含む一九隻の艦艇とその乗員、角田長官以下の四艦隊司令部と各戦隊司令部の幕僚に危険な任務を担わせるという榊の発想に、怒りを覚えたのだ。

大西だけではなく、他の幕僚も、半分以上が榊に怒りの表情を向けた。

榊は、努めて冷静に説明した。

――米軍の性格から考えて、クェゼリンを叩いた四艦隊を見逃すとは考えられない。

四艦隊の帰路を、必ず狙って来る。

ならば、その状況を利用し、敵の基地航空部隊と機動部隊を分離し、各個撃破を狙うのが得策だ。

敵機動部隊をトラックから引き離すことができれば、トラックに対する航空攻撃は、日本側が有利に進められる。

「作戦目的は米太平洋艦隊主力の撃滅ですが、その前にトラックの敵飛行場を制圧しなければなりません。トラック制圧の一翼を、敵機動部隊の誘出という形で、四艦隊に引き受けていただくのです」

榊はそう言って、説明を締めくくった。

「クェゼリンを攻撃すれば、四艦隊も無傷では済まない。空母はともかく、艦上機は消耗を避けられない。その状況で敵機動部隊に捕捉されたら、四艦隊は著しく不利になる」

反論した大西に、榊は応えた。

「四艦隊には、敵機動部隊をマリアナ方面に誘致して貰います。サイパン、テニアン、グアムの基地航空隊と協同すれば、敵機動部隊撃滅の好機が生まれます」

「敵機動部隊をトラックから引き離すだけではなく、四艦隊とマリアナの航空隊で撃滅を図るのか」

「マリアナには、天弓が多数展開しています。天弓は航続距離の制限上、トラックへの長距離爆撃には使えませんが、敵機動部隊への攻撃には威力を発揮します。四艦隊の母艦航空兵力を合わせれば、勝算は充分あると考えます」

最終的に、山本が榊の作戦案を採用すると決定し、

「クェゼリン攻撃の終了後、敵機動部隊が出現した場合には、此（これ）をマリアナ方面に誘致し、基地航空隊と協同して撃滅せよ」

との命令を、角田と山口に伝えたのだ。

四艦隊の報告電が届いたのは、この日——七月一六日の一九時一六分。

四艦隊は既に攻撃隊全機を収容し、帰途に就いているはずだ。

トラックの米太平洋艦隊も、動きを起こすと思われるが——。

「敵が、航空参謀の思惑（おもわく）通りに動きますかな？　敵がクェゼリンを敢（あ）えて見殺しにし、トラック死守の態勢を固める可能性も考えられます」

疑問を提起した黒島亀人首席参謀に、榊が答えた。

「その場合、四艦隊にはサイパンで燃料、弾薬を補給した後、トラック攻撃に加わって貰えばよいと考えます」

「米軍の動き次第、か……」

唸り声を発した黒島に、山本が言った。

「焦りは禁物だ。敵の動きをしっかりと見極（みきわ）めなければ、こちらが大火傷（やけど）を負う。待つことも、戦（いくさ）のうちだ」

水雷参謀の有馬高泰（ありまたかやす）中佐が、脇から言った。

「米軍は、トラックの北東水道と小田島（おだじま）水道を使用しています。どちらの水道にも、複数の潜水艦が張り付き、敵の出入港を監視しています。敵機動部隊が出港すれば、すぐに緊急信が届くはずです」

「基地航空隊も、明日未明よりトラックに索敵機を飛ばすとのことです。明日の午前には、状況がはっきりするでしょう」

榊も言った。

「敵情が判明次第、ＧＦ主力の出撃を決定する」

山本が幕僚全員を見渡し、重々しい声で伝えた。

——潜水艦からの第一報は、翌七月一七日の夜明け直前、「香椎」の通信室に入電した。

「呂号第四二潜水艦からの報告です。『敵艦隊、〈北東水道〉ヲ通過セリ。大型艦六、中型艦五、小型艦一〇以上。敵ノ出港時刻八二一四六（フタヒトヨンロク）』」

「敵は、昨夜の内に動き始めたのか！」

和田通信参謀が報告電を読み上げるや、大西が叫んだ。

現在の時刻は五時五〇分。東の空が白み始め、夜明けが近いことを示している。

敵艦隊は、八時間前にトラックから出港していたのだ。

「呂四二は、敵の対潜艦艇に頭を押さえられていたと考えられます。通信を送りたくとも、なかなか浮上の機会を摑めなかったのではないかと」

有馬水雷参謀が弁護するように言った。

「大型艦六隻というのは、全て空母でしょうか？」

黒島が疑問を提起した。

敵が北東水道を通過したのは二一時四六分。現地時間の二二時四六分だ。

夜間とあっては、艦型を見極めることはできず、「大型艦」という報告になったと思われる。

出港した「大型艦」が全て戦艦で、空母はトラックに在泊している可能性も考えられる。

「空母を含むことは間違いないと考えます」

榊が言った。

敵が第四艦隊を捕捉しようとしているのであれば、空母は不可欠だ。

昨年四月二五日のサイパン沖海戦では、第三艦隊がレキシントン級巡洋戦艦に奇襲されたことがあるが、あれは不運や偶然が重なった結果です、と榊は主張した。

「私も、航空参謀に賛成だ。米軍も一連の戦いを通じて、空母の重要性を認識しているはずだ。空母抜きの艦隊で四艦隊に挑むような真似（まね）をすれば、返り討ちに遭（あ）うことは、彼らも分かっているだろう」

大西の言葉を受け、山本が聞いた。

「参謀長も、トラックを出港した敵艦隊が空母を擁すると考えるかね?」

「大型艦六隻のうち、二隻乃至三隻を空母が占めていると考えます。四艦隊に対抗するには、最低でも二隻の空母が必要でしょう」

「空母二隻乃至三隻分の艦上機がトラックから離れたわけだ。待ち望んでいたときが来たな」

「出撃を命じますか、長官?」

「うむ」

　山本は大きく頷き、改まった口調で言った。

「第一、第二、第三艦隊は、本〇七三〇(マルナナサンマル)を期してパラオより出撃。トラックの敵航空兵力並びに米太平洋艦隊主力を撃滅せよ」

2

　七月一九日未明、日本帝国海軍トラック攻撃部隊は、トラック環礁の西方海上にいた。

　トラック攻撃部隊は、第一、第二、第三艦隊を合わせた総称だ。

　第二艦隊は、環礁西部に位置する水曜島よりの方位二七五度、一八〇浬。

　第三艦隊は水曜島よりの方位二六五度、一八〇浬。

　第一艦隊は水曜島よりの方位二七〇度、一五〇浬。

　砲戦部隊が、機動部隊の前面に立つ格好だ。

　戦闘が始まれば、第二、第三艦隊に対するトラックからの空襲や、敵砲戦部隊の出撃が予想される。

　そのときは、第一艦隊が第二、第三艦隊の楯(たて)となることが定められていた。

　第二、第三両艦隊では、轟々たる音が夜明け前のほの暗い海上を騒がせている。

　第一次攻撃隊の参加機が、暖機運転を行っているのだ。

「GF司令部から、新たな情報は入っていないか?」

　第二艦隊司令長官小沢治三郎(おざわじさぶろう)中将は、参謀長の加来止男(かくとめお)少将に聞いた。

小沢は昨年一一月まで第四艦隊司令長官の職にあったが、連合艦隊が大幅な編成替えを実施し、三隊の機動部隊が編成されたとき、第二艦隊司令長官に異動したのだ。

司令部幕僚も、ほとんど第三艦隊から引き継いだが、参謀長の草鹿龍之介少将が横須賀航空隊司令に異動したため、開戦時の「飛龍」艦長だった加来が新たな参謀長に任じられた。

小沢は、第一、第二、第三艦隊の司令長官の中では最先任であり、トラック攻撃部隊の統一指揮権を委ねられている。

連合艦隊旗艦「香椎」はパラオに残留し、敵情の収集や内地との連絡で、前線部隊を支援することになっていた。

「報告はありません」

加来は、ごく簡潔に答えた。

「索敵機からの報告は？」

小沢は質問を重ねた。

七月一六日二一時四六分にトラックを出港した敵艦隊——日本側呼称「戊一」の動静は、現時点では摑めていない。

連合艦隊司令部は、同部隊がクェゼリンからの帰還途中にある第四艦隊に向かったものと考えているが、あくまで推測だ。

「戊一」が西方に向かい、トラック攻撃部隊への奇襲を目論んでいる可能性も考えられる。

このため小沢は、

「パラオ、トラック間の航空偵察を念入りに実施して貰いたい」

と、第二四、二六航空戦隊に要請していた。

「『〈パラオ〉、〈トラック〉間ニ敵影ナシ』との報告が届いております」

と、加来は返答した。

「『戊一』はGF司令部が睨んだ通り、四艦隊の撃滅を目論んでいるということか」

小沢は、独りごちるように呟いた。

米軍が航空兵力を分散するだろうか、との疑問が、小沢にはある。

　米海軍は大艦巨砲主義を堅守しており、戦艦に比べて空母が少ない。

　開戦以来の一連の海戦では、空母の数で常に日本側が上回っており、米軍の空母を圧倒して来たのだ。

　開戦後に竣工した新鋭空母のエセックス級も、戦力化されたのは三隻のみだという。

　その数少ない空母を第四艦隊に向かわせれば、劣勢の航空兵力を、更に削ることになる。

「米軍はトラックに配備した航空兵力に、相当な自信を持っているのかもしれません。キンメルは、海兵隊航空部隊と陸軍航空隊だけでトラックを守り切れると考えているのではないでしょうか？」

　航空甲参謀の淵田美津雄中佐が言った。

「かもしれぬな。多数のＦ４ＦやＰ38が、トラックで待ち構えているということだろう」

　小沢は、旗艦「土佐」の飛行甲板を見下ろした。

　第一次攻撃隊は、過去の攻撃隊とは大きく性格が異なる。

　誘導用の機体を除き、全機を零戦で編成したのだ。

　一機でも多くの敵戦闘機を撃墜し、トラック上空の制空権を確保するのが、彼らの任務だった。

「『加賀』より信号。『我、攻撃隊ノ準備完了』。『蒼龍』からも、同様の信号あり」

「三艦隊より入電。『我、攻撃隊ノ準備完了』」

「土佐」信号長大野辰三兵曹長と、通信室に詰めている通信参謀中島親孝少佐が報告を上げた。

「本艦の攻撃隊も、準備を完了しております」

　飛行甲板の発着艦指揮所から報告を受け取った「土佐」艦長青木泰二郎大佐が、小沢に言った。

「一、二航戦、並びに第三艦隊へ命令。攻撃隊発進せよ！」

　小沢は、凜とした声で下令した。

「風に立て！」

「面舵一五度！」

　青木が航海長三浦義四郎中佐に命じ、三浦が操舵室に下令する。

「土佐」はしばし直進した後、風上に艦首を向ける。艦首甲板から噴出する水蒸気が艦の軸線に沿って流れ、艦首が風上に向いたことを示す。

　飛行長が「発艦始め！」の合図を送ったのだろう、零戦の一番機が、短距離走の選手を思わせる勢いで飛び出し、滑走を開始した。

　二番機、三番機が続けて発進にかかる。

　一航戦の僚艦「加賀」、二航戦の「蒼龍」「飛龍」からも、零戦が次々と空中に向けて放たれる。

　二艦隊の南方三〇浬に展開する第三艦隊も、第一次攻撃隊の発艦にかかったはずだ。

　攻撃隊は、先行する第一艦隊の上空で合流し、トラックに向かう予定だった。

（一次の機数でどれだけやれるか）

　小沢は、胸中で呟いた。

　第二艦隊は空母六隻を、第三艦隊は空母五隻を、それぞれ擁している。

　第二艦隊は、旧第三艦隊の空母をほぼそのまま引き継いでおり、一航戦の「土佐」「加賀」、二航戦の「蒼龍」「飛龍」、第四航空戦隊の「隼鷹」「飛鷹」という編成だ。

　一方の第三艦隊は、雲龍型空母を中心としており、第三航空戦隊の「雲龍」「海龍」、第八航空戦隊の「白龍」「黒龍」「青龍」という陣容だ。

　予定では、潜水母艦から改装された小型空母「龍鳳」を「青龍」と組ませ、第九航空戦隊を編成するはずだった。

　だが、「龍鳳」は航空機輸送の任務に就いている途中、敵潜水艦の雷撃によって沈没したため、「青龍」は八航戦に編入されたのだ。

　第一次攻撃隊の編成は、一、二航戦から零戦五四機、三、八航戦から零戦四五機、計九九機。

　これだけの零戦があれば、相当数の敵戦闘機を墜とせるはずだ。

ただし、米軍にも零戦より速度性能が高いP38が出現している。

　F4Fに対しても、緒戦では零戦が優勢だったが、最近では搭乗員が経験を積んだためか、ほぼ互角というのが実情だ。

　それを考えれば、楽観はできなかった。

　小沢は、上昇して行く零戦に向かって呼びかけた。

「頼むぞ。存分に暴れて来い」

3

「前方に敵機！」

　攻撃隊総指揮官を務める「蒼龍」戦闘機隊隊長飯田房太（いいだふさた）少佐の声が、レシーバーに響いた。

　空母「青龍」の戦闘機隊で、第二小隊長を務める鎌田勇（かまたいさむ）中尉は、前方を見据えた。

　現在位置は、トラック環礁の西水道沖だ。

　トラックに複数ある水道の内、最大の幅を持ち、戦艦でも空母でも楽々通れそうに見えるが、浅礁（せんしょう）が多数あるため、小艦艇の通行にしか使えない。

　日本海軍では、開戦前に機雷で封鎖し、使用不可としたが、トラックを占領した米軍も使っていないという。

　その西水道の上空に、多数の敵機が見える。

　双発双胴のロッキードP38〝ライトニング〟が、一五機前後の梯団六隊を組んでいる。

　水曜島の飛行場から上がって来たのだろう。

　西方からトラック攻撃を試みる日本機にとっては、最初の関門だ。

「二艦隊は右、三艦隊は左だ。かかれ！」

「浜岡（はまおか）一番より『青龍』隊、続け！」

　飯田に続いて、「青龍」戦闘機隊隊長浜岡賢吉（けんきち）大尉が下令した。

　誘導用の二式艦偵が機体を翻（ひるがえ）して戦場空域から離脱し、零戦隊が突撃を開始する。

「青龍」隊の先頭に位置する浜岡機が左に旋回し、

第一小隊の二、三番機が続く。

「鎌田二、三番、付いて来い！」

無線電話機のマイクに叩き付けるように命じ、鎌田は操縦桿を左に倒した。

鎌田機が左に傾き、第一小隊の後を追う。

福島達之（ふくしまたつゆき）上等飛行兵曹の二番機、南貫一郎（みなみかんいちろう）二等飛行兵曹の三番機が、鎌田機に追随して来る。

「青龍」の飛行長諸角正雄（もろずみまさお）少佐は、

「空戦に際しては、僚機から離れるな。単機となることを極力避けよ」

と、搭乗員に注意を与えている。

僚機とはぐれてしまい、単機になったところを墜とされることが少なくないためだ。

前方から、Ｐ38が向かって来る。浜岡の第一小隊と鎌田の第二小隊に二機ずつだ。

双発双胴の形状から「目刺し（めざし）」などと呼ぶ者もいるが、速力と火力は零戦より上だ。侮（あなど）れる相手ではない。

敵機の機首に発射炎が閃く寸前、鎌田は操縦桿を右に倒した。

後続する福島機、南機は、鎌田機とは逆に左旋回をかける。

Ｐ38の突進に恐れをなした零戦が、道を空けたかのようだが、全ては計算ずくの動きだ。

直前まで、第二小隊の三機がいた空間を、Ｐ38の機首からほとばしった火箭が貫く。

Ｆ４Ｆが装備しているものと同じ一二・七ミリ機銃だが、機首に集中装備しているため、集弾性が高い。命中すれば、一撃で致命傷になる。

敵一番機とすれ違うや、鎌田は操縦桿を左に倒した。零戦が左に傾き、鎌田の肉体に右向きの遠心力がかかる。小隊の二、三番機は、鎌田とは逆に、右旋回をかけている。

旋回を終えたとき、第二小隊は、敵二番機の後ろに付けていた。

Ｐ38が回避運動に入るより早く、鎌田は発射把柄を握った。両翼に真っ赤な閃光が走り、二条の火箭が噴き延びた。

二〇ミリ弾がＰ38の左の胴体に突き刺さる。エンジンに命中したらしく、Ｐ38が黒煙を引きずりながら高度を落とす。

「まず一機」

鎌田の口から、呟きが漏れる。

諸角飛行長は「一人、最低二機は墜とせ」と、搭乗員に命じている。

第二小隊全体では、六機を仕留めねばならない計算だ。

敵一番機は、フル・スロットルでの離脱にかかっている。旋回格闘戦では、零戦にかなわないことを知っているようだ。

鎌田は、敢えて追跡しない。

作戦目的は、敵戦闘機の掃討だ。特定の一機にこだわるより、新たな目標を探した方がよい。

「鎌田三番より一番。後方より敵機！」

「かわせ！」

南の声がレシーバーに飛び込み、鎌田は反射的に命じた。

操縦桿を左に大きく倒し、左フットバーを軽く踏む。零戦はほとんど横転に近い角度まで傾き、左の翼端を支点にする形で、独楽のように回転する。

機体を水平に戻したとき、二、三番機がＰ38の後方に付け、鎌田機はその後方に占位している。

福島がＰ38に一連射を浴びせ、南が第二撃を喰らわせる。

Ｐ38は二基のエンジン両方に被弾したのだろう、炎と黒煙を引きずりながら、真っ逆さまに墜落する。

撃墜を喜ぶ余裕はない。後方から、新たなＰ38二機が迫っている。

「二、三番、垂直降下！」

鎌田は叫ぶと同時に、操縦桿を左に倒した。

零戦が反時計回りに回転し、空が右に、海面が左に来た。

機体が降下に入った直後、真っ赤な曳痕の束が、右の翼端付近を通過した。

　鎌田機の前方でも、福島機、南機が垂直降下に転じている。

　二機のＰ38は、自らの射弾を追うように、二小隊の頭上を通過する。

（二一型なら喰らってたな）

　腹の底で、鎌田は呟いた。

「青龍」艦戦隊の装備機は零戦三二型。エンジンを中島（なかじま）「栄（さかえ）」一二型より出力が大きい「栄」二一型に換装すると共に、翼端を切り詰め、角形に成形した機体だ。

　最大時速が五三三キロから五四四キロに向上し、上昇性能も上がっている。

　翼面荷重が増大した分、旋回性能はやや落ちたものの、横転時の動作は二一型より機敏（きびん）だ。

「逃げ足が速くなった」などと言う搭乗員もいるが、その逃げ足のおかげで、鎌田は被弾を免れたのだ。

　二〇〇メートルほど降下したところで、鎌田は機体を水平に戻す。

　ここまでの戦闘で、高度がかなり下がったためだろう、トラックの西水道や、環礁西部に位置する七曜（しちよう）諸島がはっきり見えている。

　二機のＰ38が急降下をかけて来る。機首は、二、三番機に向けられている。

　福島が右に、南が左に、それぞれ急角度の旋回をかけた。Ｐ38二機の銃撃は、直前まで零戦がいた空間を貫いた。

　離脱しようとしたＰ38に、福島機が銃撃を浴びせた。二〇ミリ弾の真っ赤な曳痕が、敵二番機のコクピットを捉えた。

　陽光の中、きらきらと光るものが飛び散る。Ｐ38は急降下の姿勢を崩すことなく、墜落してゆく。

「鎌田二番、いいぞ！」

　鎌田は、福島に賞賛の声を送った。

　第二小隊の戦果はこれで三機。自隊と同数の敵機

日本海軍 零式艦上戦闘機 三二型

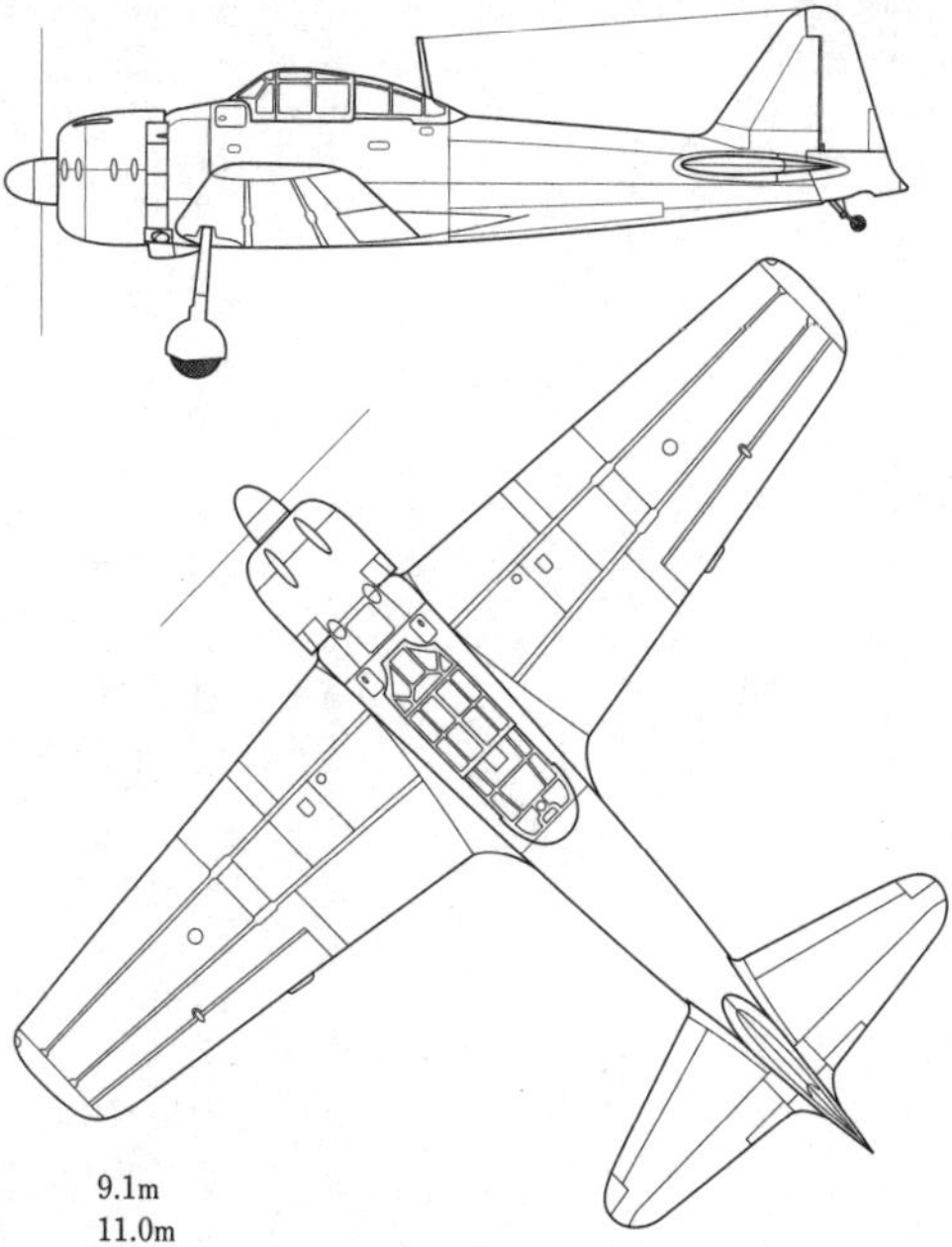

全長	9.1m
翼幅	11.0m
全備重量	2,535kg
発動機	中島「栄」二一型 1,130馬力
最大速度	544km/時
兵装	20mm機銃×2丁（翼内）
	7.7mm機銃×2丁（機首）
乗員数	1名

零式艦上戦闘機は、今次大戦が勃発する直前の1940年に制式採用されて以来、日本海軍の主力戦闘機として戦線を支えている。優れた運動性能と強力な武装で、緒戦では無敵を誇った零戦だったが、米軍の主力戦闘機F4Fが、頑丈な機体構造を生かした一撃離脱戦法を多用するようになると、零戦が苦戦する局面も増えつつあった。

そこで、主翼の翼端を切り詰め角形に整形したうえ、エンジンを「栄」二一型に換装した「三二型」が登場した。本型は翼面荷重が増した分、旋回性能は低下したが、最大速度は時速にして10キロ以上増大し、より格闘戦に向いた戦闘機になったと評価されている。

を墜とし、なお全機が健在だ。

鎌田は上空を見上げた。

零戦とP38は混戦状態だが、優位に立っているのは日本側だ。

P38は高い速度性能に物を言わせ、猛速で突っ込んでは機銃を放つが、零戦は旋回性能を活かし、P38の射弾に空を切らせている。

敵機の後方、あるいは側方に回った零戦は、P38の主翼やエンジンに一連射を叩き込む。

主翼を二〇ミリ弾に叩き折られたP38は、機体を螺旋状に回転させながら墜落し、エンジンに被弾したP38は炎と黒煙を噴き出しながら高度を下げる。

コクピットを撃たれたP38は、機体の中央から風防ガラスの破片を撒き散らし、火も煙も噴き出すことなく墜ちてゆく。

P38に比べ、零戦の被撃墜機は少ない。

墜落してゆく機体の多くは、主翼と胴に星のマークを描いた双胴機だ。

それでも、乱戦のさなかにP38の前に飛び出し、一二・七ミリ弾をもろに喰らう機体や、複数のP38に囲まれるようにして、射弾を浴びる機体があった。

「二、三番、続け!」

新たな敵機に立ち向かうべく、鎌田が叫んだとき、

「飯田一番より全機へ。前方よりグラマン!」

総指揮官が注意を喚起した。

鎌田は、前方に目を向けた。

環礁の東部——夏島や竹島がある方角から、見覚えのあるずんぐりした機体が数十機、戦場空域に近づきつつある。

開戦以来、零戦と何度となく戦って来たグラマンF4F〝ワイルドキャット〟だ。

P38の苦戦を見て、応援に駆けつけたのだろう。

「そっちから来てくれたのなら好都合だ」

鎌田は、僅かに唇(くちびる)の端を吊り上げた。

作戦計画では、環礁西部の敵機を掃討した後は、春島や夏島の上空に飛び、環礁東部に配置されてい

る敵機を叩くことになっていた。

Ｆ４Ｆが自ら出向いてくれたのなら、環礁東部まで飛ぶ必要はない。場所がどこであれ、やることは同じだ。

右前方では、早くも零戦の一部がＦ４Ｆとの空戦に入っている。

零戦のスマートな機体と、Ｆ４Ｆのごつい機体が右に、左にと旋回し、高く、低く飛び交う。

零戦の両翼に二〇ミリ弾発射の閃光がほとばしり、Ｆ４Ｆも両翼から一二・七ミリ弾を発射する。

彼我の火箭が交錯し、目標に殺到する。

二〇ミリ弾を喰らったＦ４Ｆは、ジュラルミンの破片を撒き散らしながら墜落し、一二・七ミリ弾を撃ち込まれた零戦は、エンジン・カウリングや主翼の付け根付近から火を噴く。

零戦とＰ38の戦場だった空域は、零戦とＦ４Ｆ、すなわち海軍機同士の戦場へと変わりつつある。

「二、三番、行くぞ！」

鎌田は福島と南に呼びかけ、新たな敵機に機首を向けた。

今度は、零戦と同じ単発機だ。Ｐ38より劣速だが、運動性能は高い。旋回格闘戦を得意とする零戦にとっては、Ｐ38以上に手強(てごわ)い相手だ。

Ｆ４Ｆが四機、前上方から第二小隊に向かって来る。

「二番、三番、下だ！」

鎌田は、咄嗟に下令した。

Ｆ４Ｆの両翼に発射炎が閃く寸前、操縦桿を押し込み、機首を大きく押し下げた。

一二・七ミリ弾の青白い曳痕が、頭上を通過する。一発当たりの破壊力は二〇ミリ弾より劣るが、防弾装備が乏しい零戦にとっては、恐るべき破壊力を持つ武器だ。

Ｆ４Ｆが次々と、鎌田機の頭上を通過する。

「左上昇反転！」

福島と南に命じるや、鎌田は操縦桿を目一杯手前に引きつけた。

零戦が機首を大きく上向け、急上昇に転じる。視界の中で、空が目まぐるしく回転したかと思うと、鎌田機はＦ４Ｆの後ろ上方に占位している。

零戦に後ろを取られたと悟ったのだろう、Ｆ４Ｆが二機ずつに分かれ、右と左に旋回した。

鎌田は、敵の二番機に狙いを定めた。

機体を右に傾け、右に旋回する敵機を追った。

Ｆ４Ｆは懸命に旋回するが、距離はみるみる詰まる。肉食獣が牙を剝き出し、獲物の喉笛に食らいつこうとする格好だ。

照準器の白い環が、敵機の機首を捉えた。

鎌田は発射把柄を握った。両翼に発射炎が閃き、二条の火箭が噴き延びた。

真っ赤な曳痕が、機首からコクピットにかけて突き刺さり、引きちぎられたジュラルミンの破片が飛び散る。

エンジン・カウリングの内側から火焔が噴出し、みるみるＦ４Ｆを包み込む。

「これで四機」

鎌田は呟いた。

右前方に、無傷のＦ４Ｆ——敵の一番機が見える。続けていただきだ、と思い、エンジン・スロットルを開こうとしたとき、Ｆ４Ｆは左に横転し、垂直降下に移った。

鎌田は、敢えて追跡しない。急降下速度ではＦ４Ｆが上回ることは、過去の戦いから分かっている。

「南機、被弾！」

不意に、福島の叫び声がレシーバーに飛び込んだ。

思わず振り返った鎌田の目に、南二飛曹の小隊三番機が火を噴き、墜落してゆく光景が映った。

「しまった！」

鎌田は唇を噛んだ。

目の前の敵機を墜とすことに気を取られ、小隊の僚機から目を離してしまった。

指揮官にあるまじき失態だ。

鎌田は左旋回をかけ、南機を墜としたＦ４Ｆ二機と対峙する。福島機が、鎌田機の左後方に付く。

双方二対二の戦いだ。

Ｆ４Ｆが、真正面から突っ込んで来る。

「山猫」の名に似合わぬずんぐりした機体だが、獰猛さは猛獣そのものだ。轟くエンジン音が、咆哮に聞こえる。

「回れ！」

鎌田は叩き付けるように、福島に命じた。

操縦桿を右に倒し、急角度での旋回に入った。

福島は、鎌田とは逆に左旋回に入っている。

Ｆ４Ｆの搭乗員は零戦の動きを予期していたのだろう、同じように急角度の旋回をかけ、食い下がって来た。

鎌田は、更に操縦桿を倒す。零戦は、ほとんど横倒しに近い角度まで倒れる。

空戦術の一つ、垂直旋回だ。旋回半径は最小限になる。

確実に、敵機の背後を取れるはずだが——。

（振り切れない⁉）

鎌田は、愕然とした。

Ｆ４Ｆの背後に回り込むはずが、逆になっている。

Ｆ４Ｆは鎌田機の背後に食い下がり、執拗に食らいついて来る。

鎌田は、操縦桿を逆方向に倒す。

右の垂直旋回を続けていた零戦が大きく回転し、左の垂直旋回に転じる。

機体の急激な機動に振り回され、内臓がひっくり返りそうだ。

Ｆ４Ｆは、なおも鎌田機に食い下がる。旋回の向きを変えても駄目だ。鎌田が右に回れば右へ、左に回れば左へと追随して来る。

鎌田機の動きを読み、先手を打って動いているかのようだ。

Ｆ４Ｆの搭乗員が、相当な手錬であることは間違いない。「零戦の方がＦ４Ｆより上」などという意識は、今や完全に吹き飛んでいた。

Ｆ４Ｆとの距離が、更に詰まる。風防ガラスに映る機影が拡大する。両翼の機銃は、今にも火を噴きそうだ。

（やられる……！）

鎌田は、死を予感した。

まだまだ足りなかった。訓練も、実戦経験も——

後悔が胸をよぎったとき、ガラスに映った敵機が火を噴いた。

Ｆ４Ｆは、横倒しの姿勢から機首を大きく下げ、炎と黒煙を引きずりながら墜落し始めた。

たった今、Ｆ４Ｆを墜とした味方機が、鎌田機の後方を通過する。

鎌田は、何が起きたのかを悟った。

状況は、彼我の機体が入り乱れる混戦だ。鎌田機の後方についていたＦ４Ｆは、たまたま零戦の前方に飛び出してしまい、二〇ミリ弾を喰らったのだ。

Ｆ４Ｆの搭乗員が腕利きであったことは間違いないが、最後の詰めを誤った。

鎌田機を墜とすことに熱中する余り、他のものが見えなくなっていたのだ。

「小隊長、御無事ですか⁉」

レシーバーに福島の声が入った。

「大丈夫だ。お前はどうだ？」

「一機撃墜です」

「よし、よくやった」

と、鎌田は返答した。

小隊長がＦ４Ｆに追い回されている間に、福島は戦果を上げたのだ。

第二小隊の戦果は、合計五機となる。

「行くぞ。あと何機か墜とす！」

福島に言ったとき、

「飯田一番より全機へ。戦闘終了。戦果は充分と判断する。西水道よりの方位二七〇度、二〇浬地点にて集合。帰投する」

攻撃隊総指揮官の声が、レシーバーに入った。

鎌田は、上空を見渡した。

空中戦は、終息に向かっているようだ。

零戦とＦ４Ｆは、西と東に分かれつつある。

鎌田としては、最低でもあと一機を墜としたかったが、命令が出た以上は引き上げざるを得ない。

なおも敵機に注意を払いつつ、鎌田は福島と共に、西方に機首を向けた。

4

零戦八一機、九九艦爆一二〇機から成る第二次攻撃隊は、七時五五分（現地時間八時五五分）に、トラック環礁を視認できる空域に到達した。

夜明けから三時間余りが経過しており、視界は大きく開けている。

褐色と薄紫色の帯を思わせる環礁の外縁部と、西方に向けて大きく開いた西水道が、攻撃隊の左前方に見える。

熱帯圏の強烈な陽光が正面から照りつけて来るため、搭乗員は全員、色つきの飛行眼鏡をかけていた。

「敵機はいないようだな」

第一航空戦隊の艦爆隊を率いる「土佐」艦爆隊隊長山田昌平少佐は、上空を見渡して呟いた。

警戒すべきは、陽光に隠れての奇襲だ。

前上方から陽光が照りつけて来るため、正面上方から攻撃を受けても発見できない可能性がある。

山田は九九艦爆を操りながら、周囲を見渡したが、今のところ敵機出現の兆候はなかった。

「江草一番より全機へ」

第二次攻撃隊総指揮官を務める「蒼龍」飛行隊長兼艦爆隊隊長の江草隆繁少佐が、通信を送って来た。

「目標は、事前の打ち合わせ通りだ。一、二航戦目標『丙』、三、八航戦目標『丁』。滑走路よりも駐機中の機体や付帯設備を優先して叩け」

「目標『丙』。山田一番、了解」

「目標『丁』。谷一番、了解」

「目標『丁』。伊波一番、了解」

山田が真っ先に復唱を返し、各航空戦隊の艦爆隊隊長も山田に続く。

一、二航戦の目標「丙」は、竹島の飛行場、三、八航戦の目標「丁」は水曜島の飛行場だ。

トラックには他に、春島、夏島に三箇所の飛行場があるが、艦爆を五箇所の飛行場に分散すれば、戦果が中途半端になる危険がある。

このため、春島、夏島の敵飛行場は、艦攻を中心とした第三次攻撃隊、及びマリアナ、パラオの陸攻隊が攻撃することになっていた。

「丁」を割り当てられた三、八航戦の攻撃隊が、西水道に機首を向ける。

江草総隊長が率いる「蒼龍」艦爆隊が、右に旋回し、「飛龍」艦爆隊が後方に続く。

山田も二航戦の艦爆隊に従い、「土佐」隊の一七機を誘導しつつ、右に旋回する。

「『加賀』隊はどうか？」

「全機、右に旋回。我に続行中」

偵察員を務める野坂悦盛飛行兵曹長が答えた。

山田は「了解」と返答し、二航戦の艦爆隊を追った。

目標「丙」、すなわち竹島の敵飛行場を攻撃するには環礁の中央を突っ切るのが最短だが、在泊艦船や地上の対空砲陣地による攻撃を受ける危険がある。

南側は比較的手薄というのが、基地航空隊から届けられた索敵情報だった。

環礁の中央に位置する島々――七曜諸島の日曜島、火曜島、月曜島等が左前方から後方に流れる。

環礁東部に位置する四季諸島――秋島、冬島、夏島等の島々が、左前方から近づいて来る。

「大型艦がいませんね」

野坂が不審そうに言った。

春島の西側にある春島錨地と夏島の東側にある夏島錨地は、米軍もそのまま使っていた。

特に、大型艦用の春島錨地には、戦艦、空母といった大型艦が何隻も錨を降ろしていたはずだ。

パラオ、マリアナからトラックに飛んだ索敵機も、春島錨地に停泊している多数の米戦艦を写真に収めている。

だが今、春島錨地に見えるのは小型艦艇ばかりだ。

「空襲を予期して、避退したのかもしれん」

山田は応えた。

日本艦隊の動きは、米軍もある程度把握していたはずだ。

第四艦隊がクェゼリンを襲ったことで、連合艦隊が決戦を挑もうとしていると悟り、主力艦を泊地の外に避退させたのではないか。

「航空攻撃のみによる戦艦の撃沈」は、未だに実証されていないものの、航空攻撃が戦艦を無力化し得ることは、開戦以来の一連の戦闘によって、明らかとなっているからだ。

「在泊していても、艦艇に用はないがな」

との一言を付け加えた。

出撃直前、「土佐」飛行長の楠美正（くすみただし）中佐は、

「目標は、あくまで飛行場だ。泊地に大物がいれば食指が動くかもしれんが、独断での目標変更は許さぬ。二五番は、全て飛行場に叩き付けろ」

と、搭乗員全員に念を押している。

「第一に制空権の確保。第二に敵艦」という攻撃の手順は、開戦後、最初の戦闘となったルソン沖海戦から変わっていなかった。

環礁の南端に近い小田島水道付近に差し掛かったところで、先頭の江草機が左に旋回した。

礁湖の上空に進入し、北上する態勢を取る。

「蒼龍」隊、「飛龍」隊が続き、山田も左に旋回しつつ、小田島水道の真上を通過する。

幅は約七〇〇メートルと広いものの、水深一〇メートル以下の点礁（てんしょう）があるため、開戦前はほとんど使用されていなかった水道だ。

米軍は点礁を爆破して、大型艦であっても通行可能とし、もっぱら補給物資を運んで来た船団の入泊

に使用しているという。

「森一番より全機へ。前方に敵機！」

「飛龍」戦闘機隊隊長森茂大尉の声が、レシーバーに飛び込んだ。

艦爆隊の頭上に占位していた艦戦隊が動いた。

一、二航戦の艦戦隊三六機のうち、半数が速力を上げる。直掩隊を艦爆隊の近くに残し、敵機に挑みかかってゆく。

攻撃隊の前方には、多数の機影が横に大きく広がり、立ち塞がる態勢を取っている。

機体は、グラマンF４F〝ワイルドキャット〟。一隊十数機の梯団が三隊だ。

第一次攻撃隊は、相当数の敵戦闘機を撃墜破したと期待されていたが、まだこれだけの戦闘機が残っていたのか。

「山田一番より『土佐』隊、間隔を詰めろ」

山田は、指揮下の一七機に命じた。

密集隊形を取り、相互支援を行い易くするのだ。

山田機の周囲に、麾下の艦爆が集まる。

前方の「蒼龍」隊、「飛龍」隊、左後方の「加賀」隊も同じだ。

艦戦隊は、F４Fの直中に斬込んでゆく。

F４Fの編隊形が大きく崩れ、彼我入り乱れての混戦が始まる。

「江草一番より一、二航戦艦爆隊。我に続け！」

指示が飛ぶと同時に、江草機が右に旋回した。

戦闘機同士の戦場を避け、竹島の東に回り込むつもりだ。

「蒼龍」隊、「飛龍」隊が江草の誘導に従い、山田も右に旋回する。

「全機、右に旋回。我に続行中。『加賀』隊、続いて右旋回」

野坂が僚機の動きを報告する。

山田は、ちらと左前方を見やる。

零戦は持ち前の旋回性能を活かし、F４Fの間をかいくぐるようにして射弾を放っているが、F４F

もまた右に、左にと敏速に飛び回り、両翼の一二・七ミリ機銃を撃っている。

　赤や青の曳痕が縦横に飛び交い、被弾した機体が火を噴いてよろめく。

　何機かのＦ４Ｆが、零戦を振り切るようにして、艦爆隊に向かって来る。

　直掩隊の零戦がＦ４Ｆに突進するが、Ｆ４Ｆは機体を振って二〇ミリ弾をかわす。

（奴らも必死だ）

　腹中で、山田は呟いた。

　日本軍の攻撃隊が飛行場を狙っていることは、敵の搭乗員も知っているはずだ。

　飛行場を破壊され、着陸不能になれば、帰還する場所を失う。

　平地を選んで不時着するという選択肢はあるが、搭乗員は助かっても機体は失われる。

　敵の搭乗員は、自分たちの帰還場所を守るため、死に物狂いで立ち向かって来るのだ。

　Ｆ４Ｆは、「飛龍」隊に取り付いた。

　隊列の左前上方から、斬りつけるように突っ込み、両翼に発射炎を閃かせる。

　艦爆二機が続けざまに火を噴き、隊列から落伍する。「飛龍」隊を攻撃したＦ４Ｆは、速力を落とさず、急降下によって離脱する。

　先頭に立つ「蒼龍」隊が、続けて襲われる。

　数機の九九艦爆が左に旋回し、Ｆ４Ｆに真っ向から立ち向かった。

　機首二丁の固定機銃が火を噴き、七・七ミリ弾と一二・七ミリ弾の火箭が交錯した。

　九九艦爆にＦ４Ｆを墜とすことはできなかったが、「蒼龍」隊にも被弾機はない。Ｆ４Ｆに正面から立ち向かった機体は、定位置に戻っている。

「隊長、グラマン左後方！」

「『土佐』隊、射撃開始！」

　山田は咄嗟に、麾下全機に下令した。後席から七・七ミリ旋回機銃の連射音が届いた。

弾幕射撃はＦ４Ｆを墜とすことはできなかったが、照準を狂わせる効果はあったようだ。Ｆ４Ｆは一連射を放ったものの、被弾機はない。敵機は機体を翻し、離脱する。

更に二機のＦ４Ｆが、左後方から襲って来る。

再び弾幕射撃が浴びせられ、無数の七・七ミリ弾が、Ｆ４Ｆに殺到する。

左後方に湧き出した爆炎が、風防ガラスに映った。

「敵一機撃墜！」

野坂が弾んだ声で、報告した。

七・七ミリ機銃は非力だが、多数が集まると威力を発揮する。盟邦英国の主力戦闘機スピットファイアには、七・七ミリ機銃ばかり八丁も装備した機体があるという。

七・七ミリ機銃による集中射撃が、Ｆ４Ｆ一機を破壊したのだ。

Ｆ４Ｆも、やられっ放しではいない。

「梅沢機被弾！」

今度は悲痛な声で、野坂が報告する。

第一中隊第三小隊の三番機だ。「土佐」隊は、投弾前に一機を失ったのだ。

更に一機が、Ｆ４Ｆの攻撃によって失われる。

第二中隊第一小隊の三番機、木戸正雄一等飛行兵曹と真島幸典二等飛行兵曹の機体が火を噴き、礁湖に向かって墜ちてゆく。

二機を失ったところで、Ｆ４Ｆの攻撃が止んだ。

前方に多数の爆発光が閃き、大量の黒煙が湧き出した。

竹島の対空砲陣地が、射撃を開始したのだ。

「江草一番より一、二航戦艦爆隊、突撃せよ！」

江草が命令を放つ。

目標に定めた竹島は、春島や夏島、水曜島よりも遥かに小さい。地図では、芥子粒のように見える。

だが、この小さな島は、全体が飛行場になっている。

元々は日本海軍が整地し、大規模な航空基地を建設したものだが、米軍はトラック占領後、飛行場を手直しして使用を続けているのだ。

「我が軍が作った飛行場を好き勝手に使ってくれたな、米軍」

山田は口中で、その言葉を敵に投げかけた。

「利用料は高いぜ！」

その言葉に触発されたかのように、「蒼龍」隊が急降下を開始した。

江草機が機体を翻し、二番機以降が後に続く。

僅かに遅れて、「飛龍」隊が突撃を開始する。

開戦前は、勇将の誉れ高い山口多聞少将の下で鍛えられた部隊だ。山口が六航戦の司令官に異動した後も、その精神は息づいている。

山田は竹島の飛行場に、左主翼の前縁を重ねた。

「『土佐』隊、続け！」

一声叫び、操縦桿を前方に押し込んだ。

九九艦爆が機首を前に傾け、降下を開始する。

前方には、先に降下を開始した二航戦の艦爆隊が見える。

各小隊毎に、異なる目標を狙っているようだ。滑走路よりも、付帯設備を叩くつもりであろう。

山田は、滑走路の中央に狙いを定めた。

空母などより遥かに大きい上、静止目標だ。目をつぶっても、命中させられる。

「二〇（二〇〇〇メートル）！　一八！」

後席の野坂が、高度を報せて来る。数字が小さくなるに従い、照準器が捉えた滑走路は拡大する。

時折、敵弾の炸裂に伴う爆風が機体を煽るが、山田は操縦桿を微妙に調整し、機位を修正する。

照準器の中の目標が膨れ上がり、白い環の外にはみ出す。

投弾寸前、視界の右側に巨大な爆発光が閃き、真っ赤な火焰がのたうつ様が見えた。

「やったか！」

降下を続けながら、山田は叫んだ。

二航戦の艦爆隊が、燃料庫か弾薬庫に二五番を直撃させたのだ。

　この一撃だけで、一、二航戦の目標は八割方達成されたようなものだ。

　炎は急速に燃え広がり、黒煙が滑走路や駐機場、周囲の海面にまで漂う。

　火災煙に視界を遮られながらも、山田は降下を続けた。

「一〇（一〇〇〇メートル）！」

「てっ！」

　野坂の報告を受けるや、山田は投下レバーを引いた。二五番の投下を確認し、操縦桿を手前に引きつけた。

「滑走路に三発命中！　また三発命中！」

　上昇に転じた直後、野坂が弾んだ声で報告する。

　いつの間にか、対空砲火はまばらになっている。

　先の誘爆が、対空砲陣地にも被害を及ぼしたのかもしれない。

　一〇分後、山田は三〇〇〇メートルの高度から、竹島飛行場を見下ろしていた。

　竹島は全体が黒煙に包まれ、その下で時折小爆発が起きている。

　空母なら、「撃沈確実」と言える。

　――竹島に先だって、水曜島の米軍飛行場も激しい火災に見舞われている。

　滑走路や付帯設備だけではない。駐機場や無蓋掩体壕にあったB17やP38も多くが破壊され、残骸と化している。

　トラック環礁が二箇所から黒煙を噴き上げる中、上空では零戦と九九艦爆が、エンジン音の凱歌を高らかに轟かせていた。

5

「我、敵飛行場『丁』ヲ爆撃ス。爆弾多数命中。火災大ニツキ戦果確認ハ困難ナレド『丁』ハ沈黙セリ。〇八二六」

「我、敵飛行場『丙』ヲ爆撃ス。効果甚大。『丙』ハ使用不能ト判断ス。〇八三七」

　これらの報告電が受信されたとき、第二、第三艦隊の司令部幕僚や各艦の乗員に、作戦成功を喜んでいる余裕はなかった。

　このとき両艦隊には、B17の大編隊が接近しつつあったのだ。

「攻撃隊が尾行されたな」

　第二艦隊隷下の第一〇戦隊に所属する軽巡洋艦「多摩」艦長神重徳大佐は、そう直感した。

　トラックの米軍は、事前にB17を離陸させ、空中で待機させたのだろう。

　B17群は第一次攻撃隊の帰還機を尾行し、第二、第三艦隊の所在を突き止めたのだ。

「旗艦より受信。『上空警戒第一配備』」

「艦長より砲術。対空戦闘！」

　通信室から報告が上げられるや、神は射撃指揮所を呼び出し、砲術長飛田輝生少佐に下令した。

艦内に新たな動きは起きない。

　この日の夜明け直後から、全乗員が戦闘配置に就いている。

「艦長より達する。本艦の初陣だ。皆、しっかりやってくれ！」

　高声令達器を通じて、神は乗員に気合いを入れた。

「多摩」は、水雷戦隊旗艦として設計・建造された球磨型軽巡洋艦の一艦だが、現在は防空巡洋艦に改装されている。

　一四センチ単装主砲七基と魚雷発射管、航空兵装を撤去し、一二・七センチ連装高角砲一四基を装備したのだ。

　高角砲のうち四基は、前部の主砲と換装し、一〇基は艦の後部、左右両舷に五基ずつ装備している。

　当初は球磨型軽巡五隻のうち、「北上」「大井」の二艦を、六一センチ四連装魚雷発射管一〇基を装備する重雷装艦に改装する計画が立てられていた。

　だが、帝国海軍の戦術思想が大艦巨砲主義から航空主兵主義に転換された今、重雷装艦は不要と判断され、高角砲を満載した防空巡洋艦への改装に変更されたのだ。

球磨型軽巡は、現在までに四隻が改装され、残る一隻も改装中だ。

第二艦隊には「多摩」と「北上」が、第三艦隊には「球磨」と「大井」がそれぞれ配属され、空母の護衛に就いている。

「多摩」の配置は、輪型陣（りんけいじん）の右前方。第二艦隊旗艦「土佐」を援護する位置だ。

相手は、Ｂ17。米軍が誇る重爆だ。

「相手にとって不足なし」

神は、迫り来る敵機に向けて呼びかけた。

「正面より敵大編隊。高度四〇（ヨンマル）（四〇〇〇メートル）！」

飛田砲術長から、報告が届いた。

神は、正面上空に双眼鏡（そうがんきょう）を向けた。

二〇機から三〇機と見積もられる梯団が四隊だ。

敵編隊の周囲を、小さな影が飛び回っている。

直衛担任艦となっている「隼鷹」「飛鷹」から発進した零戦だ。

第一次攻撃隊の帰還機は、まだ空母に着艦していないが、彼らはトラック上空の戦闘で機銃弾を使い果たしている。

直衛隊は敏速に飛び回り、Ｂ17に射弾を浴びせているが、二〇ミリの大口径機銃でも、重爆撃機の分厚い装甲鈑を貫くのは至難のようだ。

複数の零戦が、続けざまに射弾を浴びせ、ようやくＢ17に火を噴かせることに成功する。

梯団の外縁に位置する機体が、一機、二機と編隊から落伍し、黒煙を引きずりながら高度を下げる。

海上から見ると、大型の草食獣の集団に、狼（おおかみ）の群れが挑みかかり、一頭ずつ仕留めているようだ。

だが、敵編隊の撃滅にはほど遠い。

Ｂ17群は編隊を崩すことなく、第二艦隊の正面から向かって来る。

日本海軍 防空巡洋艦「多摩」

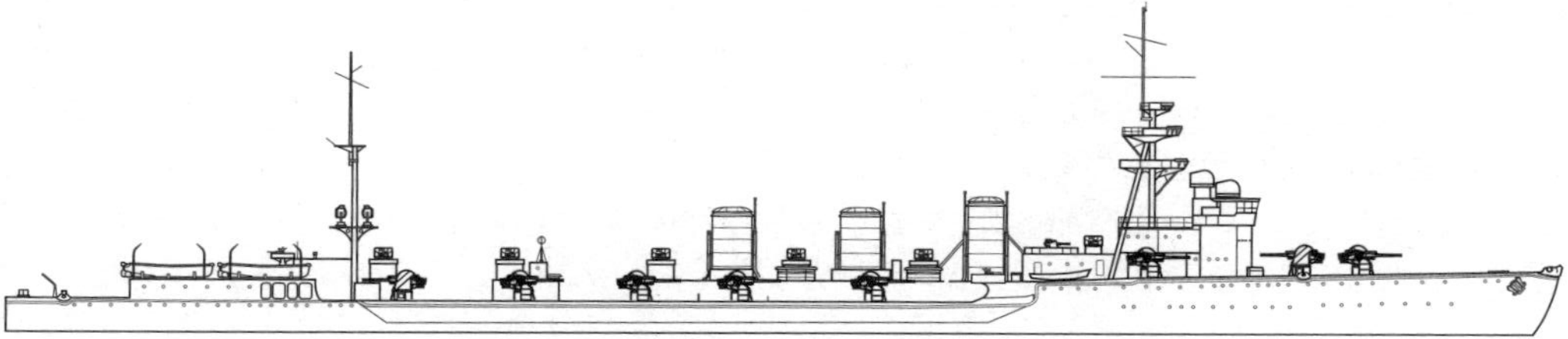

全長	162.5m
最大幅	14.2m
基準排水量	5,300トン
主機	オールギヤードタービン 4基／4軸
出力	90,000馬力
速力	34.5ノット
兵装	12.7cm 40口径 連装高角砲 14基 28門 25mm 3連装機銃 2基
乗員数	450名
同型艦	球磨、北上、大井、木曾(改装中)

本艦は、球磨型軽巡洋艦の２番艦として大正10年１月に竣工。以後、何度かの改装工事を経て今次大戦に参加した。球磨型軽巡洋艦は、もともと水雷戦隊の旗艦として用いるべく建造された艦だが、日本海軍が航空主兵主義に転換したのを機に、高角砲多数を搭載した防空巡洋艦とすることが決まった。

艦の前方にあった14センチ単装砲が12.7センチ連装高角砲に換装されたほか、艦の中央部から後部にあった魚雷発射管、航空兵装はすべて撤去され、代わりに12.7センチ連装高角砲10基が設置されている。

竣工から四半世紀近くを経た老艦ではあるが、防空巡洋艦という過去に類例のない艦種として、さらなる活躍が期待されている。

　反撃の銃火を喰らったのか、零戦も一機、二機と火を噴く。

　火を噴いた零戦一機が、B17に正面から突っ込む。

　零戦の姿は火焔と共に消えるが、B17もまた致命傷を受けたのか、機首を大きく下げ、真っ逆さまに海面へと落下する。

　空中の戦場が近づくにつれ、多数の重爆が立てる爆音が聞こえ始める。

　巨大な重量物が、真上から被さってくるようだ。音だけで、艦隊を押し潰さんとするような威圧感を感じさせる。

　B17に食い下がっていた零戦が次々に機体を翻し、敵編隊から離れた。

「『金剛』『榛名』発砲！」

　後部見張員が報告し、巨砲の砲声が後方から伝わった。

　輪型陣の左右に展開する第三戦隊の戦艦二隻が、対空戦闘の火蓋を切ったのだ。

　待つことしばし、敵編隊の中央で、立て続けに爆発が起こった。何十条もの白煙が、触手のようにB17に摑みかかる様が見えた。

　二隻の金剛型戦艦が前部の主砲から放った、二艦合計八発の三式弾だ。

　三五・六センチ砲用の三式弾は、危害直径三〇〇メートルの範囲内に、約一〇〇〇発の焼夷榴散弾と約二〇〇〇発の弾片を飛び散らせる。

　その砲弾が、多数のB17を一網打尽にすることを、神は期待したが――。

「駄目か！」

　神は、軽く舌打ちした。

　編隊から、一〇機前後のB17が落伍する様が見える。うち四機は大きな損害を受けたらしく、火を噴いて墜落しつつある。

　だが、戦果はそれだけだ。大部分のB17は編隊を崩すことなく、前進して来る。

「艦長より砲術。射程内に入り次第、射撃開始。一機も通すな！」

「射程内に入り次第、射撃開始します」

神は気負（きお）った声で下令し、飛田砲術長は落ち着いた声で復唱を返した。

前甲板で、一、二番高角砲が四門の砲身に大仰（ぎょう）角（かく）をかけた。

艦橋からは視認できないが、艦橋の両脇にある三、四番高角砲、後部に装備した五番から一四番までの高角砲も、発砲の態勢を整えたはずだ。

大正一〇年に竣工し、艦齢二二年に達する旧式軽巡だが、新時代の戦いに対応できるよう、兵装を一新した。

艦体は古くとも、装備は決して古くない。

「来い、空の要塞！」

神が敵に呼びかけたとき、艦の左前方に砲煙が湧き、砲声が伝わった。

輪型陣の前衛を務める第三一駆逐隊の「秋月（あきづき）」「照月（てるづき）」が発砲したのだ。

砲煙と砲声は連続する。四秒後に第二射、その四秒後に第三射が放たれる。

帝国海軍の砲の中でも、随一の速射性能を誇る六五口径一〇センチ高角砲が、頭上に迫る敵機を目がけ、四秒置きに射弾を放っている。

飛田砲術長が「撃ち方始め！」を下令したのだろう、前甲板に発射炎が閃き、砲声が艦橋を包んだ。

一番から四番までの高角砲八門が、砲門を開いたのだ。

「『北上』射撃開始！」

輪型陣の左方で「加賀」を守っている僚艦の動きを、艦橋見張員が報告する。

第一射の射弾が上空で炸裂するより早く、「多摩」は第二射を放つ。

今度も、前部の四基だけだ。

一二・七センチ高角砲は、口径は小さいものの、八門がまとまって撃つときの衝撃は強烈だ。砲声は雷鳴さながらであり、尻の穴を突き上げるような衝撃が襲って来る。

「敵一機撃墜！」

第三射を放つ直前、見張員が報告を上げた。

「艦長より達する。敵一機撃墜！」

神が全乗員に伝えるや、艦内に歓声が上がった。戦果が「多摩」のものかどうかは分からないが、士気を鼓舞するためには何でもやるべきだ。

第三射の砲声が、艦橋を包み込む。

その余韻が消えないうちに、艦の後部からも砲声が伝わる。

後部に装備した一〇基の高角砲が、敵を射界に捉え、砲撃を開始したのだ。

後方に展開する艦も、順次対空射撃を開始する。

砲声の合間を縫って、

「『土佐』『加賀』射撃開始！」

「『蒼龍』『飛龍』射撃開始！」

見張員の報告が上げられる。

「敵一機……いや、二機撃墜！」

砲撃の合間を縫って、戦果報告が上げられたとき、B17の第一梯団が、「多摩」の頭上を通過した。

「敵の後続機、上昇します！」

飛田が新たな報告を上げた。

神は双眼鏡を向け、敵機の動きを確認した。

報告された通り、敵の第二梯団が上昇に転じている。第三、第四梯団も同様だ。

「うまいぞ！」

神は激励の言葉を送った。

おそらく日本艦隊の猛射が、敵の搭乗員をひるませたのだ。

第二梯団以降のB17は、被弾確率を少しでも小さくしようと、高度を上げたのだろう。

水平爆撃は、高度を上げるほど命中率が下がる。

敵を高みに追いやっただけでも、「多摩」や「北上」を改装した価値はあるというものだ。

「『土佐』面舵！」

「『飛龍』『隼鷹』面舵！」

見張員が空母の動きを報告する。

「左舷高角砲は『土佐』を援護せよ」

「左舷高角砲は『土佐』を援護します！」

神の命令に、飛田は復唱を返した。

空母に迫るＢ17目がけ、左舷側に指向可能な高角砲全てが射弾を浴びせる。

右舷側の高角砲は、「多摩」の頭上を通過する敵機を砲撃している。

Ｂ17が投弾を開始したのだろう、急速転回する「土佐」の周囲で、大量の飛沫が奔騰し始めた。

着発信管付きの瞬発弾らしく、海面に落下すると同時に爆発し、周囲に海水と弾片を飛散させる。爆発は派手だが、水中爆発の衝撃はない。

「多摩」の周囲にも、敵弾の落下が始まった。

左舷側海面に一発が落下し、その数秒後、右舷側に至近弾が来た。

横殴りの爆風が襲い、基準排水量五三〇〇トンの艦体が揺さぶられる。

「降って来た、降って来た、降って来たぞ！」

敵弾落下の狂騒の中、神は陽気な声で叫んだ。

直撃を受けたら、との恐怖はあるが、部下をひるませないため、敢えて明るく振る舞っているのだ。

「艦長、回避しますか？」

「無用！」

航海長有村真吉中佐の問いに、神は即答した。

回避運動を行えば、高角砲弾の命中は期待できなくなる。自艦の保全よりも空母を守ることが、防空艦の使命だ。

四発重爆の水平爆撃など、滅多に当たるものではない、との考えもあった。

敵弾の落下は続いている。

後方に一発が落下し、尻を蹴飛ばされるような衝撃が襲ったかと思うと、左舷側海面に至近弾が来る。

真横からの衝撃が、今度は左から艦を襲い、「多摩」の鋼鉄製の艦体は、見えざる手にはたかれたように右舷側へと仰け反る。

「第一梯団、上空を通過。第二梯団、来ます！」

飛田の報告を受け、神は左舷側を見た。

今のところ、被弾した艦はない。

六隻の空母も、姉妹艦の「北上」も健在だ。

ただし、投弾数が多ければ、被弾確率も高くなる。

B17全機が投弾を終えるまで、気は抜けない。

第二梯団の投弾が始まる。

「多摩」も、各艦も、これまで以上に激しく、高角砲を撃ち上げる。

上空に翔上がる高角砲弾と入れ替わるように、敵弾が大気を裂いて落下する。

急速転回する空母の周囲で続けざまに爆発が起こり、「多摩」の周囲にも敵弾が落下する。

艦上は、間断ない砲声と、敵弾の炸裂音で満たされている。

「敵一機撃墜！」といった戦果報告も、聞き取りに苦労するほどだ。

対空戦闘が始まってから何機のB17を墜としたのかもはっきりしない。

確かなことは、第二艦隊は全艦が被弾を免れ、健在であるという事実だ。

第二梯団が通過し、第三梯団が接近する。

「多摩」は、左舷側の高角砲で「土佐」を援護する一方、右舷側の高角砲で、頭上を通過する敵機を撃ちまくる。

敵弾の炸裂が始まり、海面が激しく沸き返る。

『鈴谷』被弾！　火災発生！」

「当たったか……！」

飛び込んだ報告を受け、神は唸り声を発した。

水平爆撃の命中率は、ゼロではない。「鈴谷」は不運にも、直撃弾を喰らったのだ。

敵第三梯団が通過し、第四梯団が迫る。

ふたたび、B17との戦闘が始まる。

海面から上空に向けて、無数の高角砲弾が撃ち上げられ、頭上からは爆弾が降って来る。

「多摩」の周囲にも敵弾が落下し、炸裂する。

横殴りの爆風が襲い、飛び散る弾片が舷側や艦橋、高角砲の防楯に命中し、奔騰する飛沫が視界を遮る。

それでも「多摩」に直撃弾はない。

一四基の高角砲は全てが健在であり、B17を撃ち続けている。

最後尾の機体が頭上を通過し、爆音が左方に遠ざかった。

凌いだか——と神が思った直後、左舷側海面に爆炎が躍り、炸裂音が轟いた。

後部見張員が、悲鳴じみた叫び声を上げた。

「『土佐』被弾！」

「やられたか……！」

神は呻いた。

空母を守り通せた、と思ったのは甘かった。

B17は最後に空母一隻、それも開戦以来の歴戦艦であり、最も有力な艦を、戦列からもぎ取ったのだ。

「二艦隊司令部は無事か⁉」

「被弾箇所は艦首甲板です。艦橋に、被害はないようです」

「そうか……！」

見張員の答を聞き、神は大きく息をついた。

小沢長官の身に万一のことがあれば、二艦隊が指揮官を失うだけではない。帝国海軍にとって、計り知れない人材の損失になる。

「土佐」の被弾は重大事ではあるが、最悪の事態に至らなかったことに、神は心から安堵していた。

——神はまだ知らなかったが、このとき南に三〇浬離れた海面でも、三隻の艦が被弾炎上している。

第三艦隊の正規空母「海龍」と軽巡「最上」「大井」の三艦だ。

「海龍」への命中は一発だけだったが、飛行甲板の中央を爆砕され、大きく抉り取ったようになっている。

機関部にまでは被害は及んでいないが、発着艦不能となったのは明らかだ。

「最上」は前部への直撃弾により、二、三番主砲を破壊され、「大井」は大火災を起こし、行き足が止まっている。

艦後部への直撃弾により、弾薬庫が誘爆を起こしたのだ。

「大井」艦長成田茂一大佐は、既に「総員退艦」を下令し、乗組員は炎に追われるようにして、海面に身を躍らせている。

第三艦隊旗艦「雲龍」からは、

「『海龍』『最上』『大井』被弾。『大井』大火災。サレド第三艦隊ハ健在ナリ。〇九一七」

との報告電が、連合艦隊司令部と第二艦隊司令部に送られていた。

6

「右前方に友軍の艦隊」

海軍第七〇五航空隊の二番機で、機長と操縦員を兼任する本間正之中尉の耳に、主偵察員を務める水上卓郎飛行兵曹長の声が届いた。

七〇五空は、パラオ諸島バベルダオブ島のアイライ飛行場に駐留する第二六航空戦隊隷下の陸攻部隊だ。編成された当初は、「木更津航空隊」と呼ばれていたが、昨年一一月に改称されている。

本間は僅かに腰を浮かせ、海面を見た。

右前方の艦隊は、整然とした輪型陣を組んでいる。中央に位置する空母は五隻だ。

二六航戦司令部を通じて届いた情報によれば、第二、第三両艦隊は、トラックから来襲したB17の攻撃によって、空母一隻ずつを戦列から失ったということだった。

「戦闘機隊が合流します」

副偵察員の若菜輝男一等飛行兵曹が報告した。

陸攻隊の右後方から、一群の戦闘機が接近して来る。機数は、三〇機から四〇機だ。

眼下の空母から発進した零戦が、陸攻隊の護衛に就こうとしているのだ。

零戦は挨拶するようにバンクすると、陸攻隊よりもやや高めの空域に占位する。

「ありがたい」

本間は、零戦隊に目礼した。

アイライ飛行場から飛び立つ前、七〇五空司令の小西康雄大佐は、

「陸攻隊は、母艦航空隊の零戦が護衛する。三艦隊の上空で合流せよ」

と伝えている。

過去の航空戦では、陸攻隊の護衛は同じ航空戦隊に所属する戦闘機隊が務めていた。

だが、パラオからトラックまでは遠すぎ、零戦の航続距離では往復できない。

このため、空母から発進した零戦が、陸攻の護衛に就くこととなったのだ。

「一緒に空母の仇を討とうぜ」

本間は、前上方の零戦に呼びかけた。

七〇五空は、右方に友軍の艦隊を見下ろしながら進撃を続ける。

空母や戦艦が、すぐに死角へと消え去り、見えなくなる。

「右後方に友軍の編隊。七五二空です」

若菜一飛曹が報告した。

ペリリュー島に展開する第二四航空戦隊隷下の第七五二航空隊が合流して来たのだ。

七〇五空同様、前上方に零戦隊が付いている。

「護衛の戦闘機隊には、既に一度出撃した機体が含まれていますね」

水上が本間に言った。

「分かるか？」

「弾痕が目立つ機体が複数あります。今日、二度目の出撃となる機体や搭乗員がいると推測されます」

二六航戦司令部に届いた情報によれば、第二、第三両艦隊は、トラックの敵飛行場に対し、三度の攻撃を実施している。

第一次攻撃では敵戦闘機を掃討し、第二次攻撃で

は敵飛行場「丙」「丁」、すなわち竹島、水曜島の飛行場を叩いて、使用不能に陥れた。

続く第三次攻撃では、敵飛行場「甲一」「甲二」「乙」――春島、夏島にある敵飛行場を叩いたが、「甲一」「甲二」に対しては、「効果不充分。再攻撃の要有り」と判断された。

このため、トラックへの第四次攻撃は、パラオの二四航戦、二六航戦が実施することになったのだ。

第二、第三艦隊だけで、トラックの敵飛行場全てを使用不能に追い込めなかったという一事を取っても、同地の敵航空兵力が極めて強力であることが分かる。

苦しい戦いを強いられる中、第二、第三艦隊は、既に一度戦った零戦とその搭乗員を、陸攻隊の護衛に付けてくれたのだ。

「攻撃を成功させなければ、申し訳ないですね」

本間と同じことを考えていたのか、副操縦員の三谷栄二上等飛行兵曹が言った。

「成功させるさ。何としても」

本間は、前方を見据えて応えた。

パラオから出撃した一式陸攻は、七〇五空が五三機、七五二空が五一機、計一〇四機だ。

トラックの米軍は強力だが、彼らも三度に亘る攻撃を受け、使用可能な飛行場が二箇所に減っている。

クェゼリンの敵飛行場は使用不能となっているため、後方から増援を受けることもできない。

一〇〇機以上の陸攻があれば、春島に残っている敵飛行場を使用不能に追い込むことは可能なはずだ。

(『マッカーサーを殺った部隊』だからな、俺たちは)

過去の戦歴を、本間は思い出している。

七〇五空、七五二空の前身だった木更津航空隊、千歳航空隊は、一昨年一一月二〇日、パラオ沖海戦の終盤で、フィリピンから脱出した米アジア艦隊に長距離爆撃を行った実績がある。

戦果は巡洋艦一隻、駆逐艦二隻撃沈、戦艦二隻、

巡洋艦一隻、駆逐艦四隻撃破に留まったが、この攻撃でフィリピンから脱出した米極東陸軍司令官ダグラス・マッカーサー大将が戦死したとの情報が、盟邦英国からもたらされた。

　マッカーサーを戦死させたのが、木更津空か千歳空かは分からない。

　マッカーサーの乗艦を意図的に狙ったわけではないし、そもそも当時は、米アジア艦隊がマッカーサーを護送しているなどとは知らなかった。

　それでも、自分たちが敵に大きな人材の喪失をもたらしたことは間違いない。

　春島の敵飛行場を壊滅に追い込んで、一昨年の米アジア艦隊攻撃を上回る大功を立ててやる。

　その野心を胸に、本間は進撃を続けた。

　——およそ一時間後、トラック環礁が右前方に見えて来た。

　褐色と紫色の帯のようなものが伸び、その南側に広大な礁湖が広がっている。

西から東に連なっているのは、七曜諸島の島々だ。目指す春島は、七曜諸島の東側に位置している。

「爆撃手席に入ります」

　水上が機首の爆撃手席に移動したとき、攻撃隊の総指揮官を務める七〇五空飛行隊長檜垣譲少佐の声が、無線電話機のレシーバーに届いた。

「檜垣一番より全機へ。七〇五空目標『甲一』、七五二空目標『甲二』」

「君原一番より檜垣一番。七五二空目標『甲二』。了解」

　七五二空飛行隊長君原克夫少佐が復唱を返す。

　攻撃隊は、環礁の北方沖を進撃している。

　右正横に見えるのは、開戦前、艦隊作業地として使用されていた広大な湖面だ。環礁の内側にありながら、空母が発着艦訓練を行えるほどの面積を持っている。

（奴らも、ここを訓練に使っているのかな？）

　本間がそんなことを想像したとき、前上方に展開する零戦が動いた。

約半数が右に大きく旋回し、環礁の内側へと進入する。

「檜垣一番より全機へ。右前方、敵機！」

総指揮官の声が届いたときには、本間は敵機の姿を見出している。

敵機は二機種。単発機と双発機だ。

前者はグラマンＦ４Ｆ〝ワイルドキャット〟、後者はロッキードＰ38〝ライトニング〟であろう。数は、両者を合わせて四、五〇機といったところか。

右正横で、空中戦が始まる。

零戦のスマートな機体と、戦闘機としては異形にも見えるＰ38の機体、ずんぐりしたＦ４Ｆの機体が上下に、あるいは左右に飛び交い、赤や青の曳痕が乱れ飛ぶ。

時折、被弾した機体が黒煙を引きながら、トラックの礁湖に落ちてゆく。

零戦は、二〇ミリ弾倉や燃料タンクの爆発により、原形を留めぬほど破壊されるものが少なくないが、Ｐ38やＦ４Ｆは、概ね機体形状を留めている。機体の頑丈さでは、米戦闘機の方が上回るようだ。

零戦のうち約半数は、陸攻隊の近くに展開し、空中戦に加わろうとしない。

敵機が陸攻隊に向かって来たら、彼らが陸攻を守る最後の楯となるつもりなのだ。

本間は、零戦隊に黙礼した。

彼らの献身に報いるためにも、投弾を成功させねば――と、自身に誓った。

「浜村一番より全機へ。左後方より接近する機体、約二〇機。Ｂ17らしい！」

七〇五空の第四中隊長を務める浜村賢治中尉の声が、レシーバーに響いた。

「Ｂ17？」

浜村が報告した機体の名を、本間は繰り返した。

重爆が何をするつもりだ――そう思ったとき、

「加藤機被弾！　続いて井沢機被弾！」

悲鳴じみた叫び声が飛び込んだ。

「B17、並進しつつ撃って来ます！」

編隊の左方を見た三谷が報告した。

「まさか、重爆が陸攻を攻撃するなど……」

本間は、うろたえたような声を漏らした。

重爆は多数の爆弾を搭載し、敵の飛行場や防御陣地、在泊艦船を叩くことが任務だ。

旋回機銃座は自機の防御を目的とした兵装であり、敵機を掃討するためではない。

この直前まで、本間はそう思っていた。

その常識が、目の前で覆されつつある。B17が陸攻と並進し、旋回機銃によって銃撃を浴びせている。

「戸川機被弾！」

三機目の被害報告が入ったとき、前上方に展開している零戦が動いた。

次々と左に旋回し、B17群に向かってゆく。

「B17、一機撃墜！」

「岩代機被弾！」

三谷が弾んだ声で報告するが、直後に新たな悲報が飛び込む。

B17は零戦の攻撃を受けながらも、陸攻への攻撃を止めない。

左正横から、執拗に食い下がって来る。

（飛行場を守るためなら、何でもやるってことか）

本間は唇を噛み締めた。

この日の攻撃で、機動部隊はトラックの米軍を追い詰めた。多数の敵機を撃墜し、敵飛行場五箇所のうち、三箇所を使用不能に追い込んだ。

残る二箇所を失えば、米軍の飛行場はゼロになる。

最悪の事態を防ぐため、米軍はB17を防空戦闘に使うという奇策に出たのだ。

B17が七〇五空と並進し、銃撃を浴びせて来たのは、相対速度を小さくし、命中率を高めるためであろう。

「君原一番より檜垣一番。今より突撃します！」

七五二空の飛行隊長から、報告が届いた。

本間が右方を見ると、七五二空の一式陸攻が右に旋回する様が見えた。

七五二空には、B17の攻撃はないが、数機のP38とF4Fが取り付き、射弾を浴びせている。

被撃墜機を出しながらも、七五二空は編隊形を崩さず、敵飛行場「甲二」へと向かってゆく。

「檜垣一番より七〇五空全機へ。我に続け！」

レシーバーに命令が響くや、檜垣機が右に大きく旋回した。

本間も舵輪を回し、檜垣機の動きに追随する。

トラック環礁の北側海面上空を進撃していた陸攻隊は、礁湖の上空に進入し、北から春島に向かってゆく。

「檜垣二番、前へ！」

「檜垣二番、前に出ます！」

指揮官の命令に、本間は即座に復唱を返した。

エンジン・スロットルを開いて速力を上げ、檜垣機の前に出た。

投弾に備え、先頭に立ったのだ。

この先しばらくは、本間が七〇五空の事実上の指揮官となる。

「B17、追って来ます！」

三谷が叫び声を上げた。

左方を見ると、B17一機が追いすがって来る様が見える。本間機が、嚮導機であると見抜いたのかもしれない。

「各機銃、応戦しろ！」

本間は、大音声で下令した。

機体の左方に、二条の火箭が噴き延びた。

旋回機銃の射手を担当する前川始上等飛行兵曹と西浦恭助二等飛行兵曹が、胴体上面の二〇ミリ旋回機銃と左側面の七・七ミリ旋回機銃を発射したのだ。

本間機だけではない。

後方に位置する檜垣機も、三番機以降の各機も、B17に射弾を浴びせている。

二〇ミリ弾と七・七ミリ弾の火箭多数がＢ17に殺到し、主翼やエンジン・ナセルに、赤い曳痕がまつわりつく。

Ｂ17はひるまず、本間機に接近して来た。胴体上面と下面、右側面の機銃座が火を噴く寸前、本間は機首を上向け、上昇した。

一二・七ミリ弾の火箭が、左主翼の陰に消える。敵弾は、この直前まで本間機がいた空間を貫いたのだ。

本間はエンジン・スロットルを開き、増速する。

Ｂ17がなおも本間機との距離を詰めようとしたとき、正面上方から零戦二機が突っ込んだ。

両翼から放たれた二〇ミリ弾の火箭が、機首からコクピットまでを襲い、風防ガラスの破片が飛び散った。

Ｂ17は大きく機首を傾け、ガラス片を撒き散らしながら墜落し始めた。

このときには、目標が間近に迫っている。

「水上、大丈夫か？」

「大丈夫です。このまま行きましょう」

「よし！」

爆撃手の気丈（きじょう）な声を聞き、本間は力のこもった答を返した。

対空砲陣地が射撃を開始したのだろう、前方に発射炎が閃き、黒い爆煙が湧き出す。

本間機は後続機を誘導しつつ、まっすぐ飛行場へと突き進む。

「ちょい左」

「ちょい左。宜候」

「そのまま直進！」

「このまま直進。宜候！」

水上とやり取りしつつ、本間は「甲一」の上空に接近する。

今にも被弾し、エンジンや燃料タンクが火を噴くかもしれない。あるいは先のＢ17のように、コクピットに直撃を受けるかもしれない。

だが本間は、恐怖を感じなかった。

「用意、てっ！」

機首から叫び声が届き、陸攻の機体が僅かに上昇した。

「檜垣一番より二番。後続機、全機投弾！」

「檜垣二番、了解！」

指揮官機からの報告に、本間はごく短く返答した。

「成功か？　どうだ？」

本間は呟きながら、弾着の瞬間を待った。

7

小沢治三郎第三艦隊司令長官は、新たな旗艦に定めた空母「加賀」の艦橋で、難しい表情を浮かべていた。

海図台の上には、トラック環礁の詳細図が置かれている。

米軍の飛行場五箇所の位置が、明記された地図だ。

うち三箇所に、二本の斜線が引かれている。

トラックの敵飛行場のうち、春島にある二箇所が残ったのだ。

現在の時刻は一六時二〇分（現地時間一七時二〇分）。

気象班が報告した日没の時刻まで、一時間を切っている。

機動部隊であれ、基地航空隊であれ、五回目の攻撃を実施する余裕はない。

今日中に敵飛行場を完全制圧するのであれば、第一艦隊の戦艦三隻か、第二、第三艦隊の金剛型戦艦四隻による艦砲射撃が考えられるが――。

「焦る必要はない、と考えます。敵飛行場五箇所のうち、三箇所までは使用不能に追い込み、残る二箇所にもある程度の損害を与えています。米軍の設営部隊の能力が優れているといっても、一日や二日での復旧は困難です。春島の敵飛行場は、明日、改めて攻撃してはいかがでしょうか？」

加来止男参謀長の発言に続いて、淵田美津雄航空甲参謀が言った。

「参謀長の御意見に賛成です。今日の航空攻撃で、第二、第三艦隊は空母二隻を戦列から失い、艦上機も消耗しましたが、今夜のうちに補用機を組み立てれば、戦力の補充が可能です。明朝第五次攻撃をかければ、トラックの完全制圧が可能です」

「明朝か……」

小沢は、ぼそりと呟いた。

できることなら、今日のうちに敵飛行場の完全制圧を成し遂げたい、と小沢は考えている。

今日の航空戦は、日本側が主導権を握っていたが、敵の反撃によって空母二隻を戦列から失った。

明日の戦いで、同様の被害が出ないとは言えない。

七月一六日夜にトラックから出港した米艦隊の動きも気がかりだ。

敵艦隊は第四艦隊を叩くため、マリアナ方面に向かったと推測されるが、トラックの危機を知って、引き返して来る可能性も考えられる。

そうなれば、第二、第三艦隊は、トラックの敵航空基地と合わせて、敵機動部隊を相手取らねばならなくなる。

また、敵飛行場に対する攻撃で、これ以上艦上機を消耗したくはない。

作戦開始前の常用機数は、第二艦隊が艦戦一七四機、艦爆六〇機、艦攻一一四機、艦偵六機、第三艦隊が艦戦一三五機、艦爆六〇機、艦攻七五機、艦偵一〇機だった。

現在の常用機数は、第二艦隊が艦戦一〇二機、艦爆四四機、艦攻七七機、艦偵四機、第三艦隊が艦戦九八機、艦爆三九機、艦攻六一機、艦偵八機だ。

残存機は、米太平洋艦隊の主力戦艦に使用したい。

これらを考え合わせれば、春島の敵飛行場は、今日のうちに使用不能に追い込む必要がある――と、小沢は幕僚たちに言った。

「日没後に敵飛行場を叩くとなりますと、艦砲射撃が確実ですが……」

加来の意見に、首席参謀高田利種大佐が反対した。

「それは危険です。米太平洋艦隊主力はトラックの周辺海面で待機し、様子をうかがっていると考えられます。迂闊に艦隊を接近させれば、返り討ちに遭うかもしれません」

帝国海軍は開戦以来、何隻もの米戦艦を沈めて来たが、それらのほとんどは、航空機と協同して上げた戦果だ。

航空機が手傷を負わせた敵戦艦に日本艦隊が止めを刺すか、艦隊と航空機の同時攻撃という形で、強力な米戦艦に打ち勝ったのだ。

戦艦同士の砲戦となれば、米軍が圧倒的に有利であるとの現実は、開戦以来変わっていない。

敵戦艦と遭遇する可能性が高い海面に、我が方の戦艦を突入させるのは危険が大き過ぎる、というのが高田の主張だった。

「トラックの周辺に、敵艦隊の存在は確認されていません」

渕田が言った。

第二、第三両艦隊は、トラック攻撃と並行して、トラックの周辺海域に航空偵察を実施し、米太平洋艦隊の所在を探っている。

その結果、水曜島を中心とした半径一〇〇浬以内の海域に、敵の有力な艦隊はいないとの結論が得られたのだ。

戦艦三隻を擁する第一艦隊は、現在水曜島からの方位二七〇度、一二〇浬の海面にいる。

艦砲射撃によって、敵飛行場二箇所を使用不能に追い込むことは、充分可能と思われたが——。

「搭乗員を疑うわけではありませんが、航空偵察が完璧だったとの保証はありません」

高田の反論に、加来が質問した。

「見落としがあると言うのかね？」

「その可能性は否定できません。現に昨年四月二五日のサイパン沖海戦では、航空偵察に漏れが生じた結果、第三艦隊が米巡戦部隊に襲撃されています」

「サイパン沖の戦訓か。あのような悪夢は、二度と御免被りたいが……」

加来は、何かを思い出すような表情を浮かべた。

サイパン沖海戦時、加来は空母「飛龍」の艦長を務めており、第二航空戦隊の僚艦「蒼龍」と共に、米軍のレキシントン級巡洋戦艦から逃げ回った。

「蒼龍」「飛龍」は速度性能が高かったため、レキシントン級を振り切ることができたが、第一航空戦隊の小型空母「龍驤」は撃沈され、「土佐」「加賀」もあわやというところまで追い詰められたのだ。

第一艦隊を不用意にトラックに近づければ、今度は戦艦が同様の目に遭うのではないか、と考えたようだった。

「艦砲が駄目なら、夜間爆撃はいかがでしょうか？ パラオの七〇五空、七五二空は、今日中の再出撃はできませんが、マリアナの陸攻隊は今日の戦いに参加していません。マリアナからの長距離爆撃で、春島の敵飛行場を叩いては？」

「夜間爆撃か。効果があるかな？」

加来が首を捻った。

これまで、マリアナ、パラオからトラックへの夜間爆撃は何度も実施されているが、効果は今一つ乏しかったというのが実情だ。

視界の利かない夜間の攻撃では、命中率がどうしても低くなり、期待するほどの戦果が挙がらなかったためだ。

春島の敵飛行場二箇所を壊滅させられるとの確証がない、と加来は言いたげだった。

小沢は幕僚たちのやり取りを聞きながら、思案を巡らしている。

当初は「赤城」「長門」「陸奥」の艦砲射撃によって、残存する敵飛行場に止めを刺す腹づもりだったが、幕僚たちのやり取りを聞く内に、その考えが揺らぎ始めている。

航空偵察の結果は、米太平洋艦隊がトラックの近くにいないことを保証するものではない。

第一艦隊が多数の戦艦を擁する米太平洋艦隊主力と遭遇すれば、全滅する可能性も考えられる。

「甲参謀の案を採ろう。『甲一』『甲二』を夜間爆撃で叩くよう、マリアナの第八艦隊に要請する。夜間爆撃が失敗した場合には、明朝、改めて艦上機を出撃させる」

なおも考えた末に、小沢は結論を伝えた。

「それがよろしいかと考えます」

加来が賛同し、高田も安堵したような表情を浮かべた。

淵田も、小沢に一礼した。

夜間爆撃と明朝の艦上機による攻撃を併用すれば、春島の敵飛行場は確実に潰せる、と確信したようだった。

「各隊は、一旦トラックから遠ざけますか？」

加来の問いに、小沢は答えた。

「一艦隊に、やって貰いたいことがある」

「どのような任務でしょうか？」

「『土佐』を、安全圏まで護送して貰う」

第五章　猛然たる「オレゴン」

1

「索敵機より受信。『敵ラシキ艦影見ユ。位置、〈水曜島〉ヨリノ方位二七〇度、一八〇浬。二二五八（現地時間二二時五八分）』」

　航空母艦「土佐」の艦橋に、通信室から報告が上げられた。

「敵艦隊の追撃でしょうか？」

「その可能性はある」

　航海長多久丈雄中佐の問いに、艦長青木泰二郎大佐は答えた。

　第二艦隊司令部は、索敵の結果を見て「敵艦隊は近くにいない」と判断したが、索敵が完璧との保証はない。

　敵が行動を巧みに秘匿し、索敵線をくぐり抜けたり、スコールを利用して索敵機の目を逃れたりした可能性はある。

　敵艦隊は、意外と近い場所にいたのではないか。

　その敵が、「土佐」の被弾損傷を知り、追って来たとしても不思議はない。

「だとすれば……」

　多久は、顔色を青ざめさせた。

　状況は、昨年四月二五日のサイパン沖海戦で、敵の砲戦部隊に追い回されたときよりも悪い。

　現在の「土佐」は艦首への被弾によって、発着艦不能に陥れられただけではなく、艦尾への至近弾によって、推進軸二基を損傷している。

　自力航行は可能だが、機関長反保慶文中佐は、

「出し得る速力一二ノット」

　と報告している。

「土佐」の現在位置は、水曜島よりの方位二七〇度、二二〇浬。

　敵艦隊との距離は四〇浬だ。

　敵の砲戦部隊に捕捉されたら、逃げようがない。

「索敵機の続報を待とう。発見された敵艦隊が、こ

ちらに来るとは限らない」

青木は、努めて冷静な声で言った。

青木自身にも不安はある。

サイパン島マッピ岬沖での避退は、悪夢のような経験だった。

至近弾の爆圧が何度も艦底部を突き上げる中、直撃弾の恐怖に怯えながら、死に物狂いで逃げたのだ。

「赤城」を始めとする第四艦隊第二部隊が駆けつけてくれなければ、「土佐」は「加賀」と共に、間違いなく撃沈されていた。

地獄の門から、すんでのところで救い出されたと言える。

あれが今一度繰り返されるのか、と思うと、悪寒（おかん）を覚えないではいられない。

だが、艦長が部下の前で弱みを見せるわけにはいかなかった。

索敵機の第二報は、一五分後に届いた。

「敵ハ戦艦一、巡洋艦六、駆逐艦一〇。敵針路二七〇度。二二一三（フタフタヒトサン）」

「針路二七〇度……ということは、やはりこちらに来ます」

震え声で言った多久に、

「戦艦が一隻だけなら、何とかなるかもしれん」

青木は応えた。

「土佐」には、第一艦隊が護衛に付いている。

周囲は第四水雷戦隊の軽巡「那珂（なか）」と駆逐艦一二隻に囲まれ、その後方を第五戦隊第一分隊の重巡「那智（なち）」「妙高（みょうこう）」が守っている。

更にその後方には、第二水雷戦隊の軽巡「鬼怒（きぬ）」と駆逐艦一三隻、第四戦隊の重巡「鳥海（ちょうかい）」「愛宕（あたご）」「摩耶（まや）」、第五戦隊第二分隊の重巡「羽黒（はぐろ）」「足柄（あしがら）」、第一戦隊の戦艦「赤城」「長門」「陸奥」が布陣している。

戦艦の数では三対一と、日本側が優勢だ。

敵の撃退は可能なはずだ、と青木は楽観していた。

「気がかりなのは、戦艦よりも巡洋艦、駆逐艦です。

敵は、戦艦で一戦隊を牽制し、その間に、巡洋艦、駆逐艦で『土佐』を襲うつもりではないでしょうか？」

「可能性は否定できぬが……」

多久の言葉を受け、青木は語尾を濁した。

敵の巡洋艦、駆逐艦が速度性能を活かし、戦艦や重巡の砲撃をかいくぐって、肉薄して来るようなことがあれば、「土佐」が逃れるのは至難だ。

「砲戦の準備だけは整えておこう。いざとなれば、自力で艦を守る以外にない」

青木が射撃指揮所を呼び出そうとしたとき、通信長の中村秀俊中佐が報告した。

「旗艦より受信。『第一部隊ハ現海面ニテ待機セヨ。第二部隊ハ〈土佐〉ヲ護衛シツツ現海面ヨリ避退セヨ。二二一九』」

「長官は楯になるおつもりか！」

青木は、思わず叫んだ。

第一部隊は「土佐」の五浬後方に位置する部隊、第二部隊は「土佐」の直衛に当たる部隊だ。

第一艦隊司令長官三川軍一中将は、重巡「鳥海」に将旗を掲げ、自ら第一部隊の指揮を執っている。

三川は、第一部隊を楯として敵艦隊の面前に立ち塞がり、一歩も通さぬつもりなのだ。

戦艦ではなく、「鳥海」を旗艦に定めたのは、

「高雄型重巡には艦隊旗艦の設備があり、通信能力は戦艦に劣らない。また、重巡の方が小回りが利き、指揮を執り易い」

との理由だと聞いている。

三川は陣頭指揮を執り、敵艦隊に肉薄雷撃戦を仕掛けるつもりかもしれない。

「後部見張りより艦橋。一戦隊、〇度に変針。四戦隊、五戦隊第二分隊、続けて変針します」

見張員が、後続艦の動きを報せてくる。

「土佐」は第五戦隊第一分隊、第四水雷戦隊に守られ、西方への避退を続ける。

青木は、中村通信長に命じた。

「艦隊旗艦に打電せよ。『謝ス（シャ）』と」

2

「戦艦が一隻だけとは解せませんね」

「赤城」艦長有馬（ありま）馨（かおる）少将は、第一戦隊司令官西村（にしむら）祥治（しょうじ）中将と顔を見合わせた。

有馬は昨年一一月、少将昇進の辞令を受けている。

艦長が少将に昇進した後は、数ヶ月勤務した後に異動するのが通例だが、有馬は、

「米太平洋艦隊との決戦が近い時期に、艦長を交替させるべきではない」

と主張し、留任を希望した。

山本五十六連合艦隊司令長官や、三川軍一第一艦隊司令長官も賛成したため、有馬は「赤城」の艦長職に留まり続けている。

「一艦隊の陣容は、敵も承知しているはずだが」

西村も、首を捻っている。

日没の直前、第一艦隊の上空にカタリナ飛行艇が飛来した。

米軍はカタリナの報告を受け、第一艦隊が戦艦三隻を擁していると知ったはずだ。

「赤城」「長門」「陸奥」は、米軍のサウス・ダコタ級戦艦、アラバマ級戦艦に比べれば、火力は劣るかもしれないが、各艦とも四五口径四〇センチ砲を装備している。

その三隻に戦艦一隻だけで挑んで来るとは、無謀ではないか、と西村は考えたようだ。

「敵が、艦型を見誤っているとは考えられないでしょうか？」

砲術参謀の大家精一（おおいえせいいち）少佐が言った。

カタリナが飛来したとき、太陽は西に沈みかかっており、海上は暗くなりかけていた。

薄暮（はくぼ）の状態では、艦の細部まで見分けるのは難しい。

敵は、第一艦隊の戦艦三隻を金剛型と誤認したの

ではないか、と大家は考えたようだ。

「昼間にB17が二、三艦隊を襲ったとき、第一艦隊の上空を通過している。敵はそのときに、第一艦隊の陣容を知ったはずだ。艦型を見誤っているとは考え難い」

首席参謀の是永俊雄中佐が大家に反論した。

「未知の新鋭戦艦かもしれません」

有馬は西村に言った。

軍令部第五課の調査によれば、米軍は昨年一一月、アラバマ級に続く新鋭戦艦を竣工させたという。

盟邦英国からも、同様の情報が届いている。

米国内における機密保持は厳重であり、詳しい性能は判明していないが、火力、防御力、速度性能の全てにおいてアラバマ級を上回っていること、最大幅がパナマ運河の閘門の幅を超えているため、太平洋には、南アメリカ大陸最南端のホーン岬沖経由で回航されたことが分かっている。

米軍は、新鋭戦艦の性能に絶大な自信を持っており、一隻だけでも充分と考えたのではないか。

ひょっとすると、主砲の口径は四〇センチを超えているのかもしれない。

「だとすれば、舐められたものだ」

西村は、顔を引き締めた。

戦艦の性能も、数も、米海軍が日本海軍を圧倒していることは、誰もが理解している。

それでも、四〇センチ砲戦艦三隻に一隻だけで挑むのは、思い上がりが過ぎる、と言いたげだ。

西村は昨年四月二五日のサイパン沖海戦で、第四艦隊の第二部隊を率い、第三艦隊を救援した実績がある。

昨年一一月、中将に昇進し、第一戦隊司令官に異動したのは、その功績と戦術手腕を評価されてのことだ。

帝国海軍を舐めるな。増上慢を、後悔させてやる——そんな闘志がほの見えた。

二二時二一分（現地時間二三時二一分）、

「逆探、感有り。波長一〇センチ。出力増大中！」

「対水上電探、感二……いや感三！　九〇度、二二〇(フタフタマル)（二万二〇〇〇メートル）！」

　二つの報告が、「赤城」の艦橋に飛び込んだ。

「旗艦に報告。『電探、感三。九〇度、二二〇(フタフタマル)』」

　西村が即座に下令し、「鳥海」の第一艦隊司令部に通信が送られる。

「赤城」は電探用アンテナの取り付け位置が他艦よりも高いため、敵艦の探知がどの艦よりも早い。

　司令部の反応は早かった。

「合戦準備。夜戦ニ備ヘ。全艦、右砲雷戦」

「一、四、五戦隊ハ観測機発進」

　二つの命令が、「鳥海」の通信室から飛ぶ。

「一戦隊、右砲戦。各艦、観測機発進」

「艦長より砲術。右砲戦」

「艦長より飛行長。観測機発進」

　西村が命じ、有馬は砲術長と飛行長に下令する。

「右砲戦。宜候！」

「観測機、発進します」

　砲術長永橋為茂(ながはしためしげ)中佐と飛行長稲村宏(いなむらひろし)大尉が復唱を返し、艦橋の後方から、射出音が響く。

　右舷側に視線を向けると、五隻の重巡から水上機が射出される様子が見える。

　爆音は、夜の闇の中に遠ざかってゆく。

　前甲板では、二基の四〇センチ連装砲塔が右舷側に旋回し、太く長い四門の砲身が仰角をかける。

「赤城」はサイパン沖海戦で第三砲塔を失い、主砲塔は四基八門に減少している。

　砲火力は二割落ちたが、「長門」「陸奥」とは同等だ。

　敵戦艦は一隻であり、第一戦隊の三隻を合わせて、二四門の四〇センチ砲を集中できる。

　米戦艦の五〇口径四〇センチ砲に比べれば、装甲貫徹力は劣るが、戦艦三隻で火力を集中すれば撃沈できるはずだ。

「対空用電探、感一。方位九〇度、二〇〇(フタマルマル)」

また、新たな報告が届けられる。

反射波が小さいところから見て、少数機のようだ。

敵も、観測機を発進させたのだろう。

「旗艦より受信。『一戦隊目標、敵戦艦。射撃開始ノ時機判断ハ一戦隊司令官ニ一任ス』」

「艦長、敵戦艦の見極めはできるか」

通信長中野政知中佐の報告を受け、西村が有馬に聞いた。

「艦長より電測、敵戦艦は識別できるか？」

「敵の隊列後方に、反射波が大きい艦があります。本艦よりの方位九〇度、二一〇（二万一〇〇〇メートル）です」

有馬の問いに、電測長小出俊二大尉が答えた。

「戦艦が回頭したら、すぐに報告しろ。その時点で、砲撃開始だ。各艦とも、最初から斉射を使う」

「敵戦艦が回頭次第、砲撃開始します。一斉撃ち方で行きます」

西村の命令に、有馬は復唱を返した。

小出電測長に「戦艦の回頭を確認次第、報告せよ」と命じ、次いで永橋砲術長に「敵戦艦の回頭中を狙う。一斉撃ち方」と指示を送る。

（司令官は、一気に決着を付けるつもりだな）

西村の意図を、有馬は推測した。

現在第一艦隊は、西進する米艦隊に対し、丁字を描く形になっている。

米艦隊としては不利を避けるため、同航戦に移行するはずだ。

回頭中の目標は、静止目標と同じになり、命中率は高くなる。

そこを狙って、戦艦三隻で砲撃を集中し、一挙に仕留めようというのだ。

発砲の機会を与えることなく沈めてしまえば、新鋭戦艦といえども怖くはない。

西村は、そのように計算しているのだろう。

「敵は、どのあたりで変針するでしょうか？」

「過去の戦訓、及び今日の月齢から、一五〇（一万五〇〇〇メートル）前後と推測します」

是永首席参謀の疑問に、大家砲術参謀が推測を述べた。

この日の月齢は一七。満月に、やや欠けた程度だ。月の柔らかい光は東の空から射し込み、第一部隊を照らしている。

視界は、比較的良好と言っていい。

この条件なら、敵は遠方から撃って来るのではないか、と大家は考えたようだ。

「距離一九〇(ヒトキュウマル)〇……一八〇(ヒトハチマル)〇……」

小出電測長が、敵戦艦との距離を報せて来る。

米艦隊も、日本艦隊の陣形を把握していると思われるが、変針も増速もない。悠然(ゆうぜん)と前進して来る。

「距離一六〇(ヒトロクマル)〇。敵艦隊、〇度に変針！」

二三時三二分、小出が緊張した声で報告を上げた。

有馬は、戦艦が牽制役となり、巡洋艦、駆逐艦が「土佐」を攻撃する可能性を考えていたが、巡洋艦、駆逐艦は戦艦の護衛に回ったようだ。

日本側の雷撃を警戒したのかもしれない。

「敵戦艦、面舵！」

小出が新たな報告を上げたとき、敵艦隊の頭上に複数の光源が出現した。

観測機が吊光弾を投下したのだ。

「艦長より砲術。砲撃始め！」

「目標、敵戦艦。砲撃始めます」

永橋が復唱を返してから一拍置いて、「赤城」の右舷側に巨大な火焔がほとばしった。海が割れんばかりの大音響が艦橋を包み込み、基準排水量四万三〇〇〇トンの巨体が身震いし、僅かに左舷側へと仰け反った。

「『長門』『陸奥』撃ち方始めました」

艦の後方からも砲声が届き、後部見張員が報告する。第一戦隊の戦艦三隻は、全艦が斉射を放ったことになる。

「用意……だんちゃーく！」

艦長付水兵の西谷修(にしたにおさむ)一等水兵が報告し、闇の彼方に赤い閃光が走った。

「やったか！」

有馬が身を乗り出して叫んだとき、光が唐突に消えた。

「長門」の斉射弾が落下し、水柱が爆炎を隠したのだ。

「長門」の斉射弾に続けて、「陸奥」の斉射弾が落下する。

一万六〇〇〇メートル遠方で、何が起きているのかは分からない。

西村司令官の狙い通り、一戦隊の斉射による敵戦艦の轟沈を願うばかりだ。

闇の向こうに、揺らめく光が見え始めた。

「観測機より受信。『〈赤城〉命中弾二。〈長門〉〈陸奥〉命中弾各一』！」

中野が、興奮を隠し切れない声で報告する。

第一戦隊の三隻は、砲術家の理想とされる初弾命中を実現したのだ。

ただ、敵戦艦が沈む様子はない。

サウス・ダコタ級やアラバマ級を上回る巨艦だ。命中弾四発では、撃沈に至らないようだ。

「赤城」以下の三隻が第二斉射を放つより早く、彼方の光が揺らめいた。

敵戦艦が発砲したのだ。

「総員、衝撃に備えよ！」

有馬は、全乗員に下令した。

敵は第一戦隊の一番艦、すなわち「赤城」を狙って来ると推測したのだ。

轟音が拡大する。過去の海戦で何度も聞いた、巨弾の飛翔音だ。

四〇センチ砲弾か、あるいはそれを上回る巨弾か。いずれにしても、直撃を受ければ、「赤城」も無事では済まない。

予想に反し、敵弾は「赤城」には飛来しなかった。

代わりに、後方から弾着の水音や水中爆発の炸裂音が届いた。

「『長門』『陸奥』に至近弾！」

「何だと⁉」

後部見張員の報告を受け、有馬は反射的に聞き返した。

「後部見張り、確かか？」

「確かです。敵弾は『長門』『陸奥』の右舷側海面に落下しました」

戦艦の主砲塔が、複数の目標を同時に砲撃することは、理論上は可能だ。

艦後部の予備射撃指揮所か砲塔測距儀を使えば、それぞれ別個の目標を砲撃できる。

ただし、射撃精度は著しく落ちるため、そのような射法を用いる艦長や砲術長はほとんどいない。

全主砲を一隻に向け、早い段階で挟叉弾を得る方が効率的だからだ。

だが、敵戦艦は「長門」「陸奥」を同時に砲撃し、至近弾を得た。

これが現実だとすれば――。

有馬の思考は、「赤城」の第二斉射によって中断された。

「長門」「陸奥」も、「赤城」より僅かに遅れて第二斉射を放っている。

敵戦艦の砲撃には驚かされたが、勝負が決まったわけではない。西村司令官が望んだ序盤での決着は、まだ可能性を残している。

第二斉射の射弾が落下する直前、敵戦艦の火災炎が再び揺らめいた。

敵は、第二射を放ったのだ。

3

合衆国戦艦「オレゴン」の戦闘艦橋は、第二射の発射炎で昼間のように明るくなった。

雷鳴のような砲声が伝わり、塔状の艦橋を、巨弾発射の反動が震わせた。

艦体の動揺は、ほとんど感じられない。

「オレゴン」の基準排水量は六万六〇〇〇トン。

斉射であればともかく、前部と後部各三門、合計六門の主砲を発射した程度では、鋼鉄製の巨体が揺らぐことはほとんどないのだ。

「敵弾、来ます！」

戦闘艦橋に、報告が届いた。

左右両舷に巨大な水柱が奔騰し、金属的な打撃音が響いた。

敵弾のうち一発が、艦中央部の主要防御区画（ヴァイタル・パート）に命中したようだ。

「被害状況報せ」

「オレゴン」艦長ジョフリー・ケント大佐は、ダメージ・コントロール・チームのチーフを務めるリチャード・サイクス中佐に命じたが、報告が届くよりも早く、敵二、三番艦の射弾が飛来した。

敵弾落下の衝撃が襲い、爆圧が艦底部を突き上げる。

直撃弾の炸裂音が届き、艦が僅かに震える。

「戦慣れしているな、奴らは」

ケントは、賛嘆の思いを込めて呟いた。

回頭のタイミングを狙う戦術眼も、「オレゴン」に初弾を命中させた技量も見上げたものだ。

これほどの腕を持ちながら、大艦巨砲主義を放棄するとは勿体ないことだ、と思わずにはいられなかった。

「艦長、敵を褒めている場合ではありません」

航海長ロナルド・ライズ中佐が言った。

「オレゴン」がいかに強力な戦艦だからといって、一対三の砲戦を挑んだのは無謀だったのではないか、と言いたげだ。

（航海長の懸念も無理はない）

ケントは、ライズの心中を推し量っている。

日本軍のトラック攻撃に先立ち、太平洋艦隊主力は同地より避退した。

その際、敵の空襲によって一度に複数の戦艦が傷つく事態を避けるため、主力戦艦一隻に巡洋艦、駆逐艦を付けた小規模な任務群を多数編成し、広範囲に分散させたのだ。

　このとき、「オレゴン」を擁する第二一・一（TG21・1）任務群は、トル島（日本名『水曜島』）の南西八〇浬地点に潜（ひそ）んだ。

　日本機の進撃路からは外れていたが、近くの空を一度ならず偵察機が通過した。

　敵に発見され、空襲を受けても不思議はなかったが、TG21・1はスコールや密雲を利用して姿を隠し、偵察機をやり過ごした。

　日没直前、偵察機のカタリナより、日本軍の空母一隻が被弾・損傷し、速力が低下していることを知らされたTG21・1は、「オレゴン」の巨砲によってこれを撃沈すべく、日本艦隊に突進した。

　カタリナは、戦艦三隻が空母の護衛に就いていることを報告したが、TG21・1司令官フランクリン・V・ヴァルケンバーグ少将も、ケントも小躍（こおど）りした。「オレゴン」の実力を検証するには、格好の相手だと考えたのだ。

　最初の一撃を見た限りでは、「オレゴン」が優勢とは言えない。

　敵の第一射で、「オレゴン」は四発を被弾している。二発は撥ね返したが、一発は後甲板に破孔を穿ち、一発は飛行甲板に命中して火災を発生させた。

　一方「オレゴン」の第一射は、空振りに終わっている。

　世界最強の「オレゴン」といえども、命中させることができなければ、敵戦艦三隻に、一方的に叩きのめされるだけだが――。

「艦長、状況はどうか？」

「損害軽微です。御心配は要りません」

　戦闘情報室（CIC）からの、ヴァルケンバーグ司令官の問いに、ケントは即答した。

（経験では、日本軍が上だ）

　その現実を、ケントは認識している。

　日本海軍が最後に竣工させた戦艦である「赤城（アカギ）」

は、開戦以来三度の実戦を経験している。

「長門（ナガト）」「陸奥（ムツ）」も、「アカギ」より少ないものの、やはり合衆国海軍の戦艦と戦った経験を持つ。

一方、「オレゴン」は今回が初陣だ。

クルーには、他の戦艦で実戦を経験した後、「オレゴン」に異動した者もいるが、実戦は初めてという者も少なくない。

経験の差が、命中率の差となって表れている。

「本艦のクルーには、実戦経験が乏しい者も少なくないが、この『オレゴン』には経験不足を補える（おぎな）だけの性能がある。皆、本艦を信じるのだ」

ケントは艦長就任時、「オレゴン」に配属されたクルーに、そう訓示している。

「オレゴン」は、合衆国のみならず、世界の全戦艦の中で最強の火力と防御装甲を誇るが、この艦が持つ最大の特徴は射撃管制システムだ。

射撃諸元の計算を行う発令所や方位盤を複数装備しており、一度に複数の目標に対して、射撃精度を損なうことなく砲撃が可能なのだ。

ケントはそのことを全クルーに話し、

「諸君がベストを尽くせば、『オレゴン』は必ず応えてくれる。世界最強の戦艦と共に、栄光を掴み取ろうではないか」

と激励した。

変針直後の砲撃で、「オレゴン」は敵戦艦の二、三番艦を同時に砲撃した。

第一射では命中弾を得られなかったが、至近距離への弾着が観測されている。

初弾命中といかなかったのは残念だが、悪くない成績と言っていい。

第二射では、命中弾を得られるはずだ——そう思いつつ、弾着の瞬間を待った。

その間に、サイクス中佐から被害状況報告が届く。

「被弾三箇所。二発は撥ね返しましたが、右舷側の両用砲二基を損傷。後部の火災は鎮火の見込み」

「了解」

アメリカ海軍 BB-59 戦艦「オレゴン」

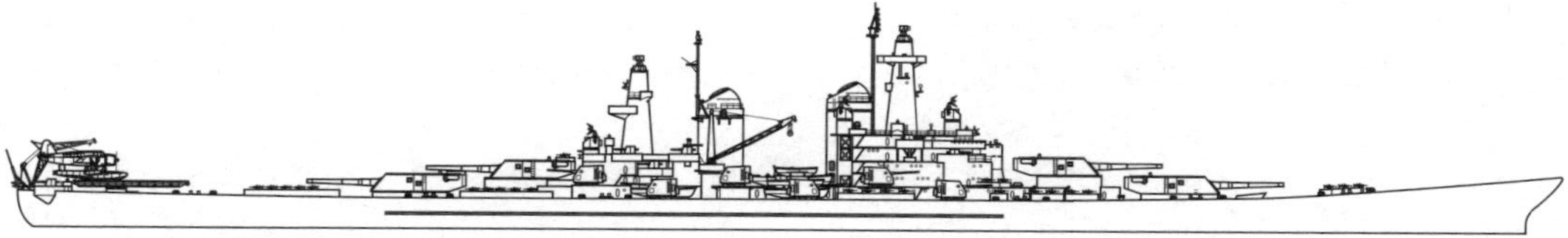

全長	296.0m
最大幅	38.0m
基準排水量	66,000トン
主機	蒸気タービン 4基／4軸
出力	210,000馬力
速力	28.0ノット
兵装	40cm 50口径 4連装砲 2基 8門 40cm 50口径 3連装砲 2基 6門 12.7cm 38口径 連装両用砲 12基 24門 40mm 4連装機銃 12基 20mm 単装機銃 54丁
航空兵装	水上機 4機／射出機 2基
乗員数	2,200名
同型艦	BB-60 ヴァーモント

アメリカ海軍の最新鋭戦艦。パナマ運河の通峡を断念し、艦体幅を38メートルとしている。当初は46センチ砲の搭載も検討されたが、日本海軍が「赤城」以降、戦艦を建造していないことから長砲身40センチ砲で充分と判断された。その一方で、砲門数は4連装砲塔と3連装砲塔を組み合わせ、14門としている。本艦の特筆すべき点は、これら14門の主砲を前方／後方の２群に分け、それぞれ別個の目標を砲撃できる射撃管制システムにある。

本艦は舷側に主装甲帯が露出する外装式装甲として、厚さ409ミリの装甲鈑を傾斜角19度で装着しており、ほぼ対46センチ砲防御ともいえる重装甲となっている。

本艦は、強力な砲火力と鉄壁の防御力を兼ねそなえた、究極の戦艦であり、対日戦の切り札として期待されている。

ケントが即答したとき、観測機から報告が届いた。

「敵二番艦（ナンバー・ツー）に至近弾一。弾着は遠。敵三番艦（ナンバー・スリー）に至近弾一。弾着は近」

「第三射、撃て（ファイア）！」

ケントは、砲術長マイケル・ローマン中佐に命じた。

みたび、発射炎が戦闘艦橋に差し込み、巨大な砲声が伝わった。

各砲塔一門乃至二門ずつの交互撃ち方だ。

第一、第四砲塔は一、三番砲を、第二、第三砲塔は三番砲を、それぞれ放つ。第二、第三砲塔は、各砲の砲撃が一巡したことになる。

前部と後部から三発ずつ放たれた四〇センチ砲弾が、唸りを上げて飛翔し、別個の目標へと向かう。

敵の弾着が、僅かに早かった。

轟音が「オレゴン」を包み、艦底部を突き上げる爆圧が伝わった。

金属的な打撃音が、後部から届く。第三砲塔か第四砲塔の前楯（ぜんじゅん）が、敵弾を撥ね返したようだ。

「オレゴン」の主要防御区画と主砲塔の前楯、砲塔下部のバーベットは、「オレゴン」の主砲と同じ五〇口径四〇センチ砲から放たれた射弾に貫通を許さないだけの装甲厚を持っている。

日本戦艦が装備する四五口径四〇センチ主砲では、至近距離から撃たない限り、貫通は不可能だ。

敵二、三番艦の射弾も落下するが、貫通はない。これまでの被害箇所は、両用砲や飛行甲板といった上部構造物に留まっている。

「機関長、浸水はないか？」

「一滴もありません」

ケントの問いに、機関長ハリー・ホバート中佐は答えた。本艦は水中防御も完璧です、と言いたげだった。

受話器を置いたとき、

「ナンバー・ツーに命中弾一。二発は弾着近。ナンバー・スリーに命中弾一。目標を挟叉（きょうさ）」

観測機から報告が届いた。

「オーケイ！」

ケントは右手の拳を打ち振った。

砲戦距離は一万七五〇〇ヤード（約一万六〇〇〇メートル）。

夜間に、これだけの遠距離で砲撃を実施し、第三射で命中弾を得たのは立派な成績だ。

「艦長より砲術。次より斉射に移行」

「次より斉射に移行します」

ケントの命令に、ローマンは冷静な声で返答した。

一拍置いて、これまでよりも遥かに強烈な閃光が走り、雷雲の中もかくやと思えるほどの砲声が伝わった。

基準排水量六万六〇〇〇トンの艦体が震え、僅かに右舷側へと傾いだ。

「オレゴン」は、実戦における初めての斉射を放ったのだ。

4

敵戦艦の発射炎は、第一戦隊の戦艦三隻の艦橋から、はっきり見えた。

光の大きさは、これまでとは明らかに異なる。

有馬馨「赤城」艦長も、「長門」艦長久宗米次郎大佐も、「陸奥」艦長三好輝彦大佐も、敵戦艦が斉射を放ったことをはっきりと悟っていた。

「総員、衝撃に備えよ！」

「長門」の艦橋に、久宗の大音声が響いた。

「長門」は既に一発を被弾し、後部指揮所を半ば以上吹き飛ばされている。

命中時の衝撃は基準排水量三万九一三〇トンの巨体を揺るがし、外れ弾の爆圧も、艦底部を突き上げ、艦を上下に揺さぶったのだ。

斉射となれば、倍以上の衝撃が襲って来ることは間違いない。

弾着を待つ間、前を行く「赤城」が第四斉射を放ち、「長門」「陸奥」も続く。

発射の瞬間、右舷側に向けて巨大な火焔がほとばしり、「長門」の巨体が武者震い（むしゃぶるい）のように震える。

艦の前後で轟く砲声は、艦橋を包み、しばし何も聞こえなくなる。

久宗が以前に艦長を務めていた重巡洋艦「青葉（あおば）」の斉射も強烈だったが、「長門」の斉射は比較の段ではない。海が裂けたのではないかと思わされるほどだ。

ただ、発射時に感じる反動は、「青葉」のそれよりも小さいように思う。

帝国海軍の戦艦では、「赤城」に次ぐ大きさを持つ艦体が、斉射に伴う反動を、しっかりと受け止めているためであろう。

（本艦と『陸奥』なら、被弾の衝撃にも耐えられると信じたいところだが……）

久宗がそう思ったとき、敵弾の飛翔音が聞こえ始めた。

交互撃ち方時のそれよりも、遥かに大きい。

途方もなく大きく、重いものが、頭上からのしかかって来るような威圧感があった。

弾着と同時に、「長門」は先の被弾時を上回る衝撃に襲われた。

直撃弾の衝撃が後部から伝わり、艦橋が雷に打たれたかのように激しく震えた。

水柱と呼ぶより、水の壁と表現した方が相応しい海水の塊が艦の左右両舷に突き上がり、爆圧が艦を大きく持ち上げたように感じられた。

「砲術より艦長。第三砲塔被弾。火薬庫、注水します！」

「機関長より艦長。六番缶室に浸水！」

艦の動揺が収まらぬうちに、砲術長越野公威（こしのきみたか）中佐と機関長本吉栄吉（もとよしえいきち）中佐から報告が上げられる。

「通信、観測機からの報告はないか？」

久宗は声を励まし、通信長宮内清四郎（みやうちせいしろう）中佐に聞いた。

第一戦隊は、三隻で敵戦艦一隻に集中射撃を浴びせている。

しかも、初弾からの命中弾を得ている。

直撃弾は、一〇発を超えるはずだ。

米軍の新鋭戦艦といえども、一〇発以上の四〇センチ砲弾を被弾して、無事でいられるとは思えない。

「観測機より一発命中との報告あり」

宮内が返答したとき、右舷側海面に新たな閃光が走った。

光量は、第一斉射のそれと変わらない。

第一戦隊三隻の第四斉射は、敵艦にほとんど打撃を与えていないのか。

第一戦隊は、なお砲撃を続ける。

前を行く「赤城」が撃ち、「長門」「陸奥」が僅かに遅れて砲撃する。

「長門」は第三砲塔に直撃弾を受けたため、三基六門での砲撃だ。砲声も、発射の反動も、これまでより小さい。

それでも、四〇センチ主砲の砲声が艦橋を包み、鋼鉄製の艦体が身を震わせる様は、「本艦は屈せず」と訴えているように感じられた。

第五斉射と入れ替わるようにして、敵の第二斉射弾が飛来した。

今度は「長門」の正面から左右両舷にかけて、巨大な海水の壁が奔騰し、艦首に爆炎が躍った。

「長門」は見えざる槌(つち)に一撃されたかのように、前にのめった。

続いて艦首が爆圧に突き上げられ、艦は後方に仰け反った。全長二二四・九メートル、全幅三二・五メートルの鋼鉄製の艦体が、巨大なシーソーと化したようだった。

衝撃が収まったとき、久宗は「長門」の揚錨機(ようびょうき)が左右とも消え去り、前甲板に巨大な破孔が穿たれている様を見出した。

艦内で火災が発生しているのだろう、破孔から黒煙が噴出している。

「砲術、第一砲塔は無事か⁉」

久宗は、越野に聞いた。

被害が第一砲塔のバーベットに及んでいることを懸念したのだ。

「異常なし。砲撃を続行します」

越野が返答した直後、

「観測機より受信。『命中一ヲ確認』」

宮内通信長が報告を上げた。

久宗は、敵戦艦を凝視した。

「長門」だけではなく、「赤城」「陸奥」の射弾も命中しているはずだが、火災炎らしき光は見えない。

第一斉射によって発生した火災も鎮火したらしく、炎の揺らめきが消えている。

第一戦隊の第五斉射は、目立った損害を与えられなかったようだ。

「化け物か、奴は？」

久宗は、思わず呻き声を漏らした。


米軍は、新型戦艦にどれほどの防御装甲を施したのか。本艦や「赤城」の四五口径四〇センチ砲では、あの艦の装甲鈑を貫通することは不可能なのか。

自分たちが人の手によって建造された軍艦ではなく、不死身(ふじみ)の怪物を相手にしているような気がした。

敵戦艦の艦上に、新たな発射炎が閃いた。

通算、三度目の斉射だ。

主砲の発射間隔は、日本戦艦のそれより短い。

第一戦隊の三隻が四〇秒置きに発射しているのに対し、敵戦艦は三〇秒置きに斉射を放っている。

揚弾機(ようだんき)や装填機(そうてんき)といった、主砲弾の運搬や装塡に用いる機構の性能は、日本のそれより優れていると認めざるを得ない。

（戦艦の性能は、主砲の口径や装甲鈑の厚さだけじゃない。艦内の機構にも、性能差が表れる）

その事実を、久宗は悟っていた。

敵弾の飛翔音が急速に拡大する中、第一戦隊の三隻は、通算六度目の斉射を放つ。

「赤城」の右舷側に発射炎がほとばしり、「長門」も健在な六門の四〇センチ砲を一斉に発射する。

砲声に混じって、きしむような音が聞こえたような気がする。

既に敵弾三発を被弾し、大きく傷ついた「長門」の艦体が、苦悶の声を上げているように感じられた。

斉射の余韻が収まったとき、敵弾が轟音と共に落下した。

今度は艦橋の後方から炸裂音が届き、衝撃が艦を刺し貫いた。同時に爆圧が後部を突き上げ、「長門」は前にのめった。

鋼鉄製の艦体が激しく震え、金属的な叫喚が響いた。耐え難い苦痛に、艦が絶叫を上げているようだった。

「砲術より艦長。第四砲塔被弾。火薬庫、注水始めます！」

「了解。第一、第二砲塔で、砲撃を続けよ」

切迫した声で報告した越野に、久宗は落ち着いた声で命じた。

主砲火力が半減したとあっては、平静ではいられないが、艦長が部下の前でうろたえる姿を見せるわけにはいかない。

使用可能な砲が一門でも残っている限り、戦い続けるのだ――その意を込めたつもりだった。

敵戦艦が第四斉射を放つより早く、新たな悲報が飛び込んだ。

「『陸奥』落伍します。舵故障の模様！」

第一戦隊の最後尾にいる「陸奥」は、「長門」と同じく、四発の直撃弾を受けている。

最初の一発は第二砲塔を爆砕し、主砲火力の四分の一を奪い去った。

二発目は幸い不発弾であり、艦尾甲板に破孔を穿っただけで終わったが、三発目は右舷中央上部に命中し、一四センチ単装副砲四基をまとめて吹き飛ばした。

この時点では、「陸奥」の被害は「長門」のそれより小さかったと言える。

主砲塔一基を失ったものの、三基は健在であり、缶室、機械室といった心臓部や推進軸にも異常はなく、六門の四〇センチ主砲は、「赤城」「長門」と共に、斉射を続けていた。

決定打となったのは、四発目の直撃弾だ。

艦尾で炸裂し、舵機室を爆砕したのだ。

被弾の直後、「陸奥」の艦首は大きく振られ、艦は右へ右へと回り始めた。

「人力操舵に切り替え。急げ！」

「陸奥」艦長三好輝彦大佐は大声で下令したが、操舵員が艦尾艦底部の人力操舵室に走っている間にも、艦は同じ場所で右旋回を繰り返すばかりであり、「赤城」「長門」との距離は開く一方だった。

後方に取り残され、操舵力を失いながらも、「陸奥」は通算七度目の斉射を放った。

主砲六門の砲口から火炎がほとばしり、轟然たる咆哮が上がる。

足を負傷し、歩行すら困難になりながらも、戦いを諦めない武者の雄叫びさながらだ。

六発の巨弾は大気を震わせながら、敵戦艦へと飛翔する。

斉射の余韻が収まったところで、敵弾の飛翔音が聞こえ始めた。

周囲の大気が激しく鳴動し、轟音が頭上を圧した。

弾着の瞬間、「陸奥」は竣工以来、一度も経験したことのない衝撃に見舞われた。

直撃弾の衝撃が艦の二箇所から襲い、鋼鉄製の巨体が激しく震えた。

至近弾の爆圧が艦底部を突き上げ、「陸奥」の艦体が上下に激しく揺さぶられた。

衝撃が収まったとき、三好は「陸奥」の速力が大幅に低下していることを悟った。

艦は依然右回りの回頭を続けているが、這い進むような速力になっている。

「艦長より機関長、状況報せ！」

機関長吉村亀釈中佐を呼び出すが、応答はない。吉村機関長のみならず、分隊長や分隊士が代わりに応えることもない。

機関科が全滅したのか、あるいは被弾の衝撃で電話線が切断されたのかとも思ったが、状況は不明だ。

はっきりしているのは、たった今の一撃で、「陸奥」が艦の心臓部である缶室か機械室を大きく傷つけられたということだ。

舵機室を失い、機関部にも大きな損傷を受けながらも、「陸奥」の主砲塔は旋回し、砲身が俯仰している。

砲術長土師喜太郎中佐以下の砲術科員は、戦いを諦めていないのだ。

「それでいい、砲術」

三好は呟いた。

操舵不能になろうと、行き足が完全に止まろうと、「陸奥」は戦艦だ。

それも、帝国海軍に三隻しかない四〇センチ砲戦艦なのだ。

その「陸奥」が、自ら戦いを放棄してはならない。

主砲が残っている限り、いや武器が高角砲や機銃だけになっても、戦闘力を残している限りは戦い続けるのだ。

三好の意志が伝わったかのように、主砲が動きを止めた。

今にも、第八斉射の火焔がほとばしり、砲声が轟くかに見えた。

だが、「陸奥」の主砲が火を噴く機会は既に失われていた。

轟音を上げて飛来した敵戦艦の射弾が、「陸奥」の斉射よりも早く、真上から落下したのだった。

「長門」の後方から赤い光が差し込み、右舷側に向けている第一、第二砲塔の砲身を照らし出した。一瞬、四門の砲身が松明となったように見えた。

若干遅れて、おどろおどろしい炸裂音が後方から伝わった。

「む、『陸奥』轟沈！」

後部見張員から、報告が伝えられた。

泣いているような声だった。

久宗米次郎「長門」艦長は、「了解」とのみ返答した。

「陸奥」を悼む気持ちはある。

「長門」の姉妹艦であり、「赤城」の竣工前は、帝国海軍最強の戦艦として共に君臨した艦だ。

二二年の艦齢を重ね、旧式化した部分もあるが、それだけによく使い込まれ、乗員にもベテランが多かった。

その「陸奥」の喪失と、多くの乗員の戦死には、自身の半身を奪い取られたような思いを感じる。

だが、今の久宗に「陸奥」の喪失を悲しむ余裕はない。

「長門」もまた、敵戦艦の第四斉射、第五斉射で、新たな被害を受けたためだ。

第四斉射では、既に被弾損傷した第三砲塔に一発が直撃した。

第三砲塔の火薬庫には、既に注水が行われていたため、致命的な誘爆は起きなかったが、砲塔の残骸はことごとく吹き飛ばされ、砲塔の下部が剝き出しになった。

第五斉射では、飛行甲板が直撃弾を受けた。

射出機がもぎ取られ、甲板には破孔が穿たれた。

前部の第一、第二砲塔は健在であり、敵戦艦に砲撃を続けているが、「長門」は満身創痍の状態だ。

被害状況の掌握や応急処置については、応急指揮官を務める副長近野信雄中佐に委ね、久宗は戦闘指揮に専念している。

だが、敵の斉射弾が落下する度に「長門」が傷つき、戦闘力を失ってゆくことは実感していた。

（本艦に、『陸奥』の後は追わせたくない。何としても生き延びさせ、『陸奥』の仇を討たねば）

久宗はそのように考えつつ、「長門」の指揮を執り続けた。

敵戦艦の艦上に、新たな発射炎が閃く。

通算七度目の斉射だ。

敵弾が届く前に、「赤城」「長門」の第八斉射弾が落下する。

久宗は目を凝らすが、敵の艦上に火災炎が躍ることはない。

「観測機より受信。『全弾近』」

との報告が、宮内清四郎通信長より送られる。

「長門」は第七斉射まで命中弾を得ていたが、第八斉射では全弾を外したのだ。

「艦長より砲術――」

越野公威砲術長を呼び出そうとしたとき、轟音と共に敵弾が飛来した。

弾着の瞬間、艦橋の前に閃光が走った。

襲って来た衝撃に、久宗を始め、艦橋内の全員が跳ね飛ばされ、海図台や伝声管、内壁に叩き付けられた。

直撃弾炸裂の衝撃と、真下から突き上がる爆圧に、「長門」の巨体が翻弄（ほんろう）され、上下左右に揺れ動いた。

四万トン近い基準排水量を持つ巨艦が、嵐に揉みしだかれる小舟と化したようだった。

弾着時の狂騒が収まったところで、久宗は身を起こし、海図台に摑まって立ち上がった。

前甲板を見下ろすと、第一砲塔が粉砕されている様子が目に入った。

二門の砲身はどこかに消し飛んでおり、前楯も、天蓋（てんがい）も、大きく引き裂かれている。砲塔全体が、潰された紙箱のような有様だ。

敵弾は前楯を直撃し、砲塔全体を破壊したのだろう。米戦艦の長砲身四〇センチ砲から発射された砲弾は、「長門」では最も分厚い装甲鈑で鎧（よろ）われた主砲塔を正面から襲い、破壊したのだ。

「副長より艦長。被弾三発。第一砲塔、五、七番缶室、三番機械室損傷。他、二番缶室に浸水。出し得る速力八ノット！」

近野副長が、被害状況を報告する。

「被弾三発か」

久宗は状況を悟った。

敵は「陸奥」が沈んだため、全主砲を「長門」に向けて来たのだ。

米新鋭戦艦の兵装は判明していないが、サウス・ダコタ級と同等以上であることは間違いない。一二発以上の四〇センチ砲弾が「長門」を襲い、うち三発が直撃弾となったのだ。

缶室、機械室を損傷した「長門」は、速力を大幅に低下させている。

前を行く「赤城」とも、重巡や駆逐艦とも、距離が大きく開いている。

「陸奥」と同じく、「長門」も後方に取り残されているのだ。

だが「長門」は、まだ息絶えてはいなかった。

満身創痍となりながらも、残された第二砲塔が発射炎を閃かせ、二発の四〇センチ砲弾を叩き出した。

音量は、これまでよりも小さい。

主砲火力は、四分の一に激減しているのだ。

それでも、砲声は力強く轟き、傷ついた艦体が震えた。

本艦はまだ生きている。戦う力を残している。

そう、訴えるようだった。

入れ替わりに、敵弾が轟音と共に降って来た。

（これが、止(とど)めの一撃になる）

久宗はそのことを悟り、両目を閉ざした。

弾着と同時に、「長門」の艦体が数メートル跳ね上げられたような気がした。

直後、艦が大きく沈み込み、そのまま動きを止めた。

「砲術より艦長。第二砲塔射撃不能。電路を切断された模様！」

「了解」

越野の報告に、久宗はごく短く返答した。

「長門」の命運が尽きたことは、既に分かっている。

行き足が止まり、主砲も全て使用不能になったのだ。これ以上は戦いようがない。

「艦長より達する。総員上甲板！」

発電機室がまだ生きているうちに――そう考え、久宗は高声令達器を使って下令した。

「繰り返す。総員上甲板。総員、本艦より退去せよ。急げ！」

――だが「長門」は、すぐには沈まなかった。

複数箇所から黒煙を噴き上げ、水線下の損傷箇所から海水を飲み込みながらも、何かを待つかのように、浮かび続けた。

最後の一人が退艦し、艦から充分な距離を取るまでの間、「長門」はトラック環礁の西方海上に、その姿を留め続けていた。

5

「『長門』沈黙。行き足、止まりました」

後部見張員の報告を受け、有馬馨「赤城」艦長はしばし言葉を失った。

米軍の新鋭戦艦は、主砲を「長門」「陸奥」に分火し、打ち勝った。「陸奥」は轟沈し、「長門」は戦闘・航行不能に追い込まれている。

その間、「赤城」「長門」「陸奥」から集中砲火を浴び、多数の四〇センチ砲弾を被弾したにも関わらず、戦闘力は全く衰えていない。

米海軍は途轍もない戦艦を建造したものだ、と思わずにはいられなかった。

「艦長、戦闘続行だ！」

西村祥治第一戦隊司令官が叫んだ。

顔色は幾分か青ざめているが、声から張りは失われていない。

「長門」「陸奥」を戦列から失いはしたが、「赤城」は健在だ。巡洋艦、駆逐艦も、戦闘力を残している。

残った部隊で、米新鋭戦艦と戦い、打倒するのだ、との意が、その声に込められていた。

西村の命令に応えるかのように、「赤城」の主砲が新たな咆哮を上げる。

「長門」が戦闘不能になるまでの間に、第八斉射から第一〇斉射までを放っており、今度が通算一一回目の斉射になる。

右舷側に火焔がほとばしり、発射の反動を受けた艦体が、僅かに左へと仰け反る。

「米新鋭戦艦が幾ら強力でも、無限の防御力を持つことはあり得ない。被害の蓄積による影響が、そろそろ出てもいいはずだ」

有馬はそう呟き、弾着の瞬間を待った。

「だんちゃーく！」

艦長付水兵の西谷修一等水兵が、大声で報告する。状況の深刻さにも関わらず、威勢のいい声だ。当たってくれ、という願望を込めての叫びであろうか。

「観測機より受信。『命中ナレド戦果ハ不明』」

「了解」

中野政知通信長の報告に有馬が返答したとき、敵戦艦の艦上に新たな発射炎が閃いた。

「赤城」も、一二度目の斉射を放つ。咆哮と共に発射の反動が襲い、艦が僅かに震える。

斉射の余韻が収まったとき、敵弾の飛翔音が聞こえ始めた。

周囲の大気が震え、音が急速に拡大する。

「来るぞ！」

有馬が叫んだとき、轟音は「赤城」の頭上を通過し、左舷側海面に落下した。

一発は艦橋の左舷至近に落下し、頂が見えないほどの巨大な水柱がそそり立った。

左舷艦底部から突き上がる爆圧のため、艦が僅かに右舷側へと傾く。

「陸奥」を轟沈させ、「長門」を戦闘・航行不能に追い込んだことを実感させる一撃だ。

「通信より艦橋。長官より司令官に、緊急連絡が入っております」

弾着の狂騒が収まったところで、中野が報告した。

西村が受話器を受け取った。

その表情に、怒りの色が浮かんだ。

「避退とおっしゃいましたか？」

「逃げろとおっしゃるのですか⁉」

と、怒鳴り声で聞き返した。

数秒後、受話器を置いた西村は、憤懣やるかたないといった表情で有馬に命じた。

「本艦、針路三一五度。最大戦速にて避退する」

「針路三一五度。最大戦速にて避退します」

一語一語の意味を確認するように、有馬は復唱した。

先に西村が上げた怒声から、何があったのかは分かっている。

三川は勝算がないと判断し、第一部隊全艦に避退を命じたのだ。

西村にとっては、耐え難い命令であったろう。

指揮下にあった「陸奥」は既に沈み、「長門」は戦闘・航行不能となっている。退却すれば、「長門」は見殺しとなる。

だが、命令である以上は、従わねばならなかった。

「航海、取舵一杯、針路三一五度」

「取舵一杯、針路三一五度。宜候！」

有馬の命令を、航海長宮尾次郎中佐が復唱した。

「取舵一杯、針路三一五度！」

操舵室に命じるが、「赤城」はすぐには回頭しない。

基準排水量四万三〇〇〇トンと、帝国海軍の軍艦では最も重いだけに、舵が利くまでには時間がかかるのだ。

この間に、「赤城」の第一二斉射弾が落下している。

観測機からの報告は、先のものと同じく「命中一ナレド戦果ハ不明」だ。

当たることは当たったが、敵戦艦はこたえた様子を見せない。本艦の射弾は本当に命中しているのか、とすら思う。

舵の利きを待つ間に、敵の第二射弾が「赤城」を襲う。

今度は全弾が艦の後方に落下し、爆圧が艦尾を突き上げる。

「赤城」が避退に移ろうとしていることを悟り、舵や推進軸が集中している艦尾を狙ったのではないか、と思わされる一撃だ。

動揺が収まったところで、「赤城」は今一度の斉射を放った。

通算一三度目の咆哮が上がり、八発の四〇センチ砲弾が敵戦艦へと飛翔した。

敵戦艦の艦上にも、新たな発射炎が閃く。

長砲身の四〇センチ砲から放たれた高初速の主砲弾が、「赤城」に殺到する。

「赤城」の第一三射弾が、先に落下した。

西谷一水が「だんちゃーく！」の声を上げると同時に、敵戦艦の艦上に爆炎が躍り、赤い光が揺らめいた。

直後、「赤城」が艦首を大きく左に振った。

「なんてこった！」

有馬は舌打ちした。

「赤城」は、避退に移る直前に有効打を得、敵戦艦に火災を起こさせたのだ。

敵戦艦の射弾が、轟音を上げて飛来する。

敵弾は、回頭する「赤城」の右前方に落下し、大量の海水を奔騰させる。

直進を続けていたら、被弾した可能性が高い。「赤城」は、すんでのところで直撃を免れたのだ。

「勿体ないな」

西村が舌打ちした。

敵戦艦に打撃を与えたところで避退するのは、いかにも口惜(くちお)しい、と言いたげだった。

「私も司令官と同じ気持ちですが……」

有馬も言った。

今からでも同航戦に戻しては、との一言が喉元までこみ上げたが、艦隊司令部の命令を無視して、勝手な行動を取るわけにはいかない。

「砲術より艦長。四戦隊、取舵。五戦隊、二水戦も続きます」

永橋為茂砲術長が報告した。

三川は、重巡五隻の二〇・三センチ主砲と駆逐艦の魚雷で、「赤城」の後方を守るつもりなのだ。

「砲術より艦長。後部の主砲で射撃を継続します」

永橋が伝えて来た。

ただ逃げるだけには終わらせない——冷静な口調の裏に、そんな闘志を感じさせた。

「戦艦にこだわるな。照準を付けやすい艦を狙え」

西村が指示を与えた。有馬は頷き、永橋に命じた。

「目標の選択は任せる。一番当たりそうな目標を狙え。照準が可能な限り、砲撃を続けろ！」


「逃がすな、艦長！」

「当然です！」

フランクリン・V・ヴァルケンバーグTG21・1司令官の命令に、ジョフリー・ケント「オレゴン」艦長は即答した。

「オレゴン」のSG対水上レーダーは、日本艦隊の動きをはっきり捉えている。

〇度から三一五度に変針し、速力を上げている。

戦艦二隻が「オレゴン」に叩きのめされたのを見て、逃げ出したのだ。

巡洋艦、駆逐艦はまだしも、戦艦を逃がすわけにはいかない。

日本軍が、現海域に四〇センチ砲戦艦三隻を投入して来たことは、外れ弾が噴き上げた水柱の大きさから見当がついている。

うち二隻のうち、一隻は撃沈し、もう一隻も沈没確実な状態だ。

残る一隻を沈めれば、日本軍は四〇センチ砲の搭載艦を全て失う。

　この機会を逃すわけにはいかない。どんなことをしても、撃沈するのだ。

　護衛の第一一巡洋艦戦隊（CD11）、第一八駆逐艦戦隊（DF18）は、既に三一五度に変針し、追跡を開始している。

　ロナルド・ライズ航海長も、操舵室に「取舵一杯。針路三一五度」を下令した。

　舵はまだ利かないが、回頭はまもなく始まるはずだ。

「先の被弾箇所は右舷中央。両用砲二基損傷。現在、消火作業中」

「了解」

　ダメージ・コントロール・チームからの報告に、ケントはごく短く返答する。

　両用砲がやられた程度なら、たいした被害ではない。「オレゴン」の主砲は、全門が健在であり、機関も全力発揮が可能なのだ。

「電測より艦長。敵戦艦、増速。速力二六ノットを超えました」

「『アカギ』だな」

　電測長マーチン・ランドール少佐の報告を受け、ケントは一隻だけ残った敵戦艦の艦名を悟った。

　日本海軍の四〇センチ砲戦艦で、二六ノットを超える速力を出せる艦は「アカギ」だけだ。

　先に「オレゴン」が撃沈破した二隻は「ナガト」「ムツ」ということになる。

「『アカギ』と分かった以上、なおのこと逃がすわけにはゆかぬ」

　ケントは、ライズ航海長と頷き合った。

　合衆国の戦艦部隊にとり、「アカギ」は仇敵（きゅうてき）とも呼ぶべき存在だ。

　アラバマ級戦艦の「オハイオ」、レキシントン級巡洋戦艦の「レキシントン」「レンジャー」「コンスティチューション」、そしてサウス・ダコタ級戦艦の「ノース・カロライナ」「モンタナ」が、「アカギ」のために沈められた。

「アカギ」一隻で六隻を沈めたわけではないが、これら六隻の沈没に、「アカギ」が大きな役割を果たしたことは確かだ。

ハズバンド・E・キンメル太平洋艦隊司令長官は、

「『アカギ』を賞金首にして、手配書を太平洋艦隊の全艦に配るか」

とまで発言している。

無論冗談であろうが、それを冗談と感じさせないほど、太平洋艦隊は「アカギ」に痛い目に遭わされているのだ。

その「アカギ」を、合衆国海軍史上最強の戦艦が仕留める。「オレゴン」こそ、「アカギ」を沈めるに相応しい。

ほどなく舵が利き、「オレゴン」が艦首を大きく左に振った。

一足先に変針したCD11とDF18の巡洋艦、駆逐艦が右に流れる。

艦が三一五度、すなわち北西を向いたところで、

「両舷前進全速！」

ケントはハリー・ホバート機関長に下令した。

機関の唸りが高まり、基準排水量六万六〇〇〇トンの艦体が加速される。

前甲板では、第一、第二砲塔が旋回し、七門の砲身が俯仰している。

「砲術、敵との距離は？」

「一万九〇〇〇ヤード（約一万七〇〇〇メートル）」

マイケル・ローマン砲術長が、ケントの問いに即答した。

「撃てるか？」

「少し遠いですが、砲撃は可能です」

「オーケイ、撃て！」

ケントは意気込んで下令した。

一拍置いて、前甲板から艦の右前方に向け、火焔がほとばしった。

第一砲塔四門、第二砲塔三門の砲撃だ。ローマンは、最初からの斉射を用いると決めたらしい。

最高速度は「アカギ」の方が若干早いため、少しでも命中率を上げようと考えてのことであろう。

右前方にも発射炎が閃く。「アカギ」が、後部の主砲を撃っているのだ。

「全弾、近」

三〇秒ほどが経過したところで、ローマンから報告が入る。

「オレゴン」は「アカギ」に対し、通算五回目の射弾を放つ。

七門の長砲身四〇センチ砲が、真っ赤な火焔と共に重量一トンの巨弾を発射する。

四〇センチ砲七門を前方に向けて撃っているためだろう、発射の瞬間、急制動をかけるような衝撃が襲い、艦橋が僅かに震える。

「奴の射弾はどうだ?」

ケントが呟いたとき、

「『デンバー』より報告。『本艦右舷に至近弾二』!」

通信室から報告が上げられた。

「奴は巡洋艦を撃っているのでしょうか?」

「巡洋艦の方が距離が近く、狙いやすいのかもしれぬ」

ライズの疑問に、ケントは答えた。

CICに詰めているヴァルケンバーグ司令官を呼び出し、

「巡洋艦、駆逐艦に、あまり突出しないよう伝えて下さい。『アカギ』は、巡洋艦を狙っています」

と具申する。

受話器を置いたところで、ローマンが「全弾、近」と報せて来る。

「オレゴン」は、またも空振りを繰り返したのだ。

(この距離では無理か?)

ケントは自問する。

夜間に一万九〇〇〇ヤードでは、やはり遠すぎるのだろうか?

だが「オレゴン」が「ナガト」「ムツ」を仕留めたときの砲戦距離は一万七五〇〇ヤードだった。

差は、僅か一五〇〇ヤードだ。命中弾を得るのは不可能ではないはずだ。

「オレゴン」が第六射を放った直後、右前方に、多数の発射炎が明滅した。

「アカギ」の後方に移動した日本軍の巡洋艦、駆逐艦が、砲門を開いたのだ。

ＣＤ11、ＤＦ18も応戦し、中小口径砲の砲声が「オレゴン」に伝わる。

逃げる日本艦隊と追うＴＧ21・1の間で、大小の砲弾が飛び交い、海面が激しく沸き返る。

「小物は任せるぜ」

ケントは、巡洋艦、駆逐艦群にその言葉を投げかけた。

「オレゴン」の目標はただ一隻、「アカギ」のみだ。

不意に、右前方に巨大な火焔が躍り、ケントは両目を大きく見開いた。

「『デンバー』被弾！」

ローマンが、被害艦を伝える。

おそらく「アカギ」の砲弾だ。

昨年配備されたばかりの新鋭巡洋艦が、戦艦の巨弾に叩き伏せられたのだ。

続いて、駆逐艦一隻が被弾・炎上し、隊列から落伍する。

敵の隊列の中にも、爆炎が躍る。

敵の巡洋艦か駆逐艦に、命中弾を得たようだ。

火災炎という射撃目標を得たためだろう、被弾した敵艦に射弾が集中される。

爆発光が続けざまに閃き、火花が飛び散り、火災炎が一層拡大する。

敵艦が落伍し、行き足が止まる。

炎上する敵艦の近くを通過したＤＦ18の駆逐艦が、二隻続けて被弾し、火焔を噴き上げた。

うち一隻は、炎が急速に拡大し、無数の火の粉を八方に飛び散らせた。

ケントは、駆逐艦の艦上で起きたことを悟った。

駆逐艦は、肉薄しての雷撃戦を挑めば戦艦に劣らぬ破壊力を発揮するが、最大の武器である魚雷発射管の防御力はなきに等しい。

たった今、大爆発を起こした艦は、最も敵弾を受けてはならない場所に被弾したのだ。不運としか言いようがなかった。

駆逐艦二隻の被弾に続いて、CD11の隊列の中で新たな爆発が起きる。

「『モントピーリア』被弾！」

射撃指揮所から、被害艦の艦名が報される。

先に被弾した「デンバー」と同じく、昨年配備された新鋭巡洋艦だ。

火災を起こした「モントピーリア」はみるみる速力が低下し、隊列から落伍する。

「モントピーリア」の脇を、「オレゴン」が波を蹴立てながら通過する。

ケントは、ちらと「モントピーリア」に視線を向けた。

艦の中央から炎と黒煙が噴出しており、後部がほとんど見えない。

敵弾は艦内の奥深くに突入し、機関部を破壊したようだ。

重巡の二〇・三センチ砲弾では、一撃でここまでの被害を受けることはない。「アカギ」の主砲弾が直撃したものと思われた。

「艦長より砲術、まだ命中弾は得られぬか⁉」

ケントも焦りを隠せず、怒鳴るような声で聞いた。

追撃戦に移ってからは、TG21・1の方が分が悪い。

「アカギ」に一発でも命中させることができれば、形勢はすぐに逆転するはずだが、「オレゴン」は四〇センチ砲弾を海中に投げ込んでいるだけだ。

夜間に一万九〇〇〇ヤードの砲戦距離では、やはり遠すぎたのか。

「至近弾は得ています。あと一度か二度で、命中弾を得られます」

ローマンが返答したとき、右前方の四箇所にめくるめく閃光が走った。無数の真っ赤な火の粉が、傘(かさ)のような形に飛び散った。

「花火(ファイアワークス)……？」

その一語が、ケントの脳裏に浮かんだ。

敵弾の炸裂直後に無数の火の粉が飛び散る様が、花火のように見えたのだ。

「オレゴン」も、砲撃を続ける。

第一、第二砲塔七門の五〇口径四〇センチ主砲から、七発の巨弾を叩き出す。

今度こそは、と期待し、「アカギ」がいるあたりを凝視するが、直撃弾炸裂の閃光が確認されることはない。

「全弾、遠」

ローマンが、無念そうな声で報告を送って来る。

「オレゴン」が新たな射弾を放つ前に、花火を思わせる砲弾が、DF18の頭上で炸裂する。

今度は有効弾となったのか、駆逐艦二隻が火災を起こす。

「砲術より艦長。敵弾は散弾(バックショット)と推定されます」

「バックショットだと？」

ローマンの言葉を受け、ケントは反射的に聞き返した。

「バックショット」は、日本軍が対空・対地射撃に用いている砲弾に、合衆国海軍が定めた呼称だ。

無数の焼夷榴散弾と弾片を広範囲に飛散させるため、この名が付けられた。

密集隊形で飛行する航空機の編隊や地上目標に対しては、ある程度の威力があるが、艦船攻撃に向く砲弾ではない。

何故、そのような砲弾をここで使用したのか。

「そうか！」

ケントは、不意に思い至った。

バックショットは、戦艦にはほとんど効かないが、防御力の弱い駆逐艦には有効だ。

魚雷発射管や艦尾の爆雷庫に、焼夷榴散弾が命中するようなことがあれば、駆逐艦は誘爆を起こし、轟沈しかねない。

「艦長よりＣＩＣ。『アカギ』はバックショットを使用し、駆逐艦を狙っています。ＤＦ18を後退させるべきです」

ケントはヴァルケンバーグ司令官を呼び出し、意見を具申した。

「了解した」

との答が返され、若干の間を置いて、

「ＤＦ18、後退します」

ランドール電測長が報告する。

その間にも、「オレゴン」は「アカギ」への砲撃を続けている。

依然、直撃弾はない。

「アカギ」との距離は、じりじりと開いている。

命中率は、下がる一方だ。

「これ以上は無理か?」

ケントが自問したとき、敵弾の飛翔音が聞こえた。

明らかに、「オレゴン」に飛来する砲弾だった。

艦の前方四箇所に強烈な閃光が走り、瞬間的に「オレゴン」の前甲板が照らし出された。

吊光弾の光とは、比較にならない。

一瞬とはいえ、太陽が海面付近まで降りて来たかのようだった。

閃光が消えると同時に、無数の火の粉が飛び散った。一部は「オレゴン」の艦首甲板や第一砲塔の天蓋にまで降り注いだ。

「何のつもりだ、ジャップ?」

ケントは敵に呼びかけた。

駆逐艦ならともかく、戦艦にバックショットが効かないことは、彼らも分かっているはずだ。

にも関わらず、何故「オレゴン」にバックショットを撃って来たのか?

日本軍の回答は、新たな砲撃によって返された。

敵弾四発のうち、一発が「オレゴン」の頭上で炸裂し、無数の焼夷榴散弾と弾片が艦上に降り注いだ。

「艦長より電測、敵の電探波どうか？」

「電波出力に変化なし」

有馬馨「赤城」艦長の問いに、小出俊二電測長が返答した。

「駄目か」

有馬は舌打ちした。

三式弾の使用は、永橋為茂砲術長の案だ。

「敵戦艦は、電探照準射撃を用いていると推定されます。電探用のアンテナを破壊し、目を奪えば、敵戦艦から逃れられます。それには、徹甲弾よりも三式弾が有効です」

永橋はこのように主張し、三式弾の発射許可を求めた。

有馬は永橋の主張を容れ、「赤城」は三式弾による砲撃に踏み切ったのだ。

成否の判定には、逆探が頼りだ。

電探波が消えないまでも、弱くなれば、敵戦艦の電探用アンテナを破壊したと推測できる。

有馬は、敵戦艦の頭上で三式弾一発が炸裂するのを見て、砲撃の成功を期待したが、小出の報告を聞いた限りでは、敵戦艦の電探はまだ生きているようだった。

「赤城」の後部主砲が咆哮する。

艦橋の後方から砲声が伝わり、発射の反動を受けた艦体が震える。

発射の余韻が収まらぬうちに、敵戦艦の射弾が轟音を上げて飛来する。

飛翔音が艦の真上を通過した、と思った直後、正面に多数の水柱がいちどきに奔騰する。

敵弾一発は艦首の右舷至近に落下し、爆圧が艦首艦底部を突き上げる。

前方に林立する水柱は、「赤城」を逃がすまいとしているかのようだ。

「赤城」は速力を落とすことなく、水柱の間に突入する。

崩れる海水が滝のような音を立てて、艦の真上から降り注ぎ、主砲塔の天蓋や上甲板を叩く。

海水に打たれながらも、「赤城」は避退を続ける。

後部の第四、第五砲塔が砲声を轟かせ、敵戦艦の頭上を目がけて、四発の三式弾を発射する。

四〇センチ砲弾の三式弾は、危害直径が四六〇メートルに達する。

理論上は、敵戦艦を完全に包むことが可能だ。炸裂位置次第で、電探用のアンテナを破壊できる。

三式弾発射の余韻が収まったとき、新たな飛翔音が聞こえ始めた。

轟音は、後方から追いすがって来る。

「『陸奥』と『長門』の後を追え」

そんな声が聞こえたような気がした。

弾着の水音は、艦の後方から聞こえる。

尻を蹴り上げられたような衝撃と共に、「赤城」の艦首が一瞬前にのめったような気がする。

直撃弾はなかったものの、艦尾付近に至近弾を喰らったようだ。

「艦長より機関長、推進軸の状況報せ！」

「異常なし。全て、正常に回っています！」

「操舵室、舵に異常はないか⁉」

「異常なし！」

有馬と宮尾が機関室と操舵室に報告を求め、即座に応答が返される。

「赤城」の推進軸も、舵も、健在だ。

艦は三〇ノットの速力で直進を続けている。

「観測機より受信。『至近弾二ヲ確認』」

今度は中野政知通信長を通じて、砲撃の結果が報される。

三式弾四発のうち二発が、敵戦艦の至近距離で炸裂したのだ。相当数の焼夷榴散弾と弾片が、敵艦を襲ったと考えられる。

これで敵の目を潰せれば、と有馬は願ったが——。

「敵艦発砲！」

後部見張員の報告を受け、有馬は失敗を悟った。

敵戦艦の電探は、まだ生きている。

電波の目が「赤城」を捉えている。

「赤城」の第四、第五砲塔も砲撃する。

轟然たる砲声が艦橋の後ろから伝わり、背中から突き飛ばされるような衝撃が襲う。

口径は同じ四〇センチだが、初速は敵弾の方が大きい。飛翔音が、急速に拡大する。

弾着位置は、艦の正面から左舷側にかけてだ。

多数の水柱が、艦の前方を塞ぐように奔騰する。

「おや……？」

疑問の呟きが有馬の口から漏れた。

これまでの砲撃では、最低一発が至近弾となり、「赤城」の巨体を揺さぶった。

だが、今回の砲撃では、至近弾が一発もない。

三式弾による攻撃が、効果を発揮し始めたのか。あるいは距離が開いたことによる射撃精度の低下か。

「観測機より受信。『全弾、近』」

「敵艦発砲！」

二つの報告が、ほぼ同時に上げられる。

「赤城」の射弾は無効に終わり、敵戦艦はなおも砲撃を続けているのだ。

敵弾が迫る中、「赤城」の第四、第五砲塔が射弾を放つ。

砲撃の余韻が収まったところで、敵弾が落下する。

艦の後方から弾着の水音が届くが、艦尾から伝わる衝撃はない。

先の砲撃同様、弾着位置は、「赤城」から大きく外れているようだ。

「電測より艦橋。敵の電波出力低下！」

「電測、確かか？」

「確かです。敵電探波の出力は、これまでより明らかに低下しています」

小出が、落ち着いた声で報告した。

逆探によって観測された事象だけを、淡々（たんたん）と報告する口調だった。

新たな砲声が届き、後ろから突き飛ばされるような衝撃が艦橋を襲う。

「赤城」の第四、第五砲塔は、なお砲撃を続けているのだ。

「うまく行ったのでしょうか？」

「そう断じるのは早過ぎる」

　何かを期待するような声で言った是永俊雄首席参謀に、西村祥治司令官がたしなめるように言った。

　戦いは、まだ続いている。何が起こるか分からない以上、楽観は禁物だ——そんな意志を感じさせた。

「電測より艦橋。敵艦隊、減速した模様。当隊との距離、開きます」

「艦長より後部見張り、敵の新たな発砲はないか？」

　小出の新たな報告を受け、有馬は後部指揮所に報告を求めた。

「ありません」

　後部見張員は即答した。

「艦長より砲術。砲撃待て」

「砲撃、一時中止します」

　永橋が、有馬の命令を復唱した。

　およそ四〇秒置きに咆哮を上げていた第四、第五砲塔が沈黙した。

　後続する巡洋艦、駆逐艦にも、砲撃を続けている艦はない。

　トラック環礁の西方海上には、静寂(せいじゃく)が戻っている。

「どうやら逃げ切ったようだな」

　大きく息を吐き出しながら言った西村に、大家精一砲術参謀が聞いた。

「三式弾による目潰しが効いたのでしょうか？」

「それは分からん。敵の電波出力が低下したのは、距離が離れたためとも考えられる。はっきりしているのは、敵戦艦が本艦への砲撃を中止し、追撃を打ち切ったということだ」

　西村の言葉を聞いて、有馬はこの日初めての安堵の息を漏らした。

　避退行動に移ってからは、生きた心地がしなかった。

「赤城」に追いすがった敵弾が落下するときには、絞首台に上り、ロープを首にかけられたような気がしたものだ。

敵弾が外れたときには、執行寸前で中止を言い渡された気分だった。

死の淵を何度も覗きはしたが、最後の一歩を踏み込むことはなく、辛うじて生還したのだ。

「赤城」が置かれていた際どい状況を思うと、この場にへたり込んでしまいそうだった。

「撃ち合いで、勝てる相手ではないな。米軍は、恐ろしい艦を完成させたものだ」

「おっしゃる通りです」

改まった口調で言った西村に、有馬は同調した。

米軍の新鋭戦艦は、ただ一隻で「陸奥」を撃沈し、「長門」を戦闘・航行不能に陥れただけではない。

「赤城」「長門」「陸奥」の四〇センチ砲弾を何発喰らっても、こたえた様子を見せなかった。

何発かは有効弾になり、艦上に火災を起こさせたものの、それが致命傷となることもなく、巨砲を振るい続けた。

火力だけではなく、防御力も日本軍の戦艦を圧倒している。

過去の海戦で、帝国海軍は何隻もの敵戦艦や巡洋戦艦を沈めて来たが、それらのほとんどは、航空機の力を借りることで上げた戦果だ。

戦艦同士の砲撃戦では、帝国海軍は米海軍にとてもかなわない。

水上砲戦だけでは、あの艦には勝てない。

作戦の総指揮を執った第二艦隊の小沢治三郎司令長官にも、パラオの連合艦隊司令部にも、そのことをはっきり伝えねばならないだろう。

――「赤城」を含めた第一艦隊は、なお三〇ノットで航進している。

速力を緩めたら、あの新鋭戦艦が追撃を再開し、後方から巨弾を撃ち込んで来るかもしれない。

その恐怖に駆られたかのように、避退行動を続けていた。

6

「今度も『赤城』に助けられたか」

航空母艦「土佐」艦長青木泰二郎大佐は、感謝の思いを込めて呟いた。

トラック環礁水曜島の西方二八〇浬の海上だ。

日時は、七月二〇日の五時丁度（現地時間六時）。

夜が明けたばかりであり、水平線付近から差し込む陽光の中に、一群の艦船が浮かび上がっている。

第一艦隊の第一部隊が、「土佐」と第二部隊に合流して来たのだ。

「土佐」の通信室が傍受した無電から、昨夜の戦闘はかなりの激戦だったことがはっきりしている。

にも関わらず、「赤城」の艦上に、被弾損傷の跡は見当たらない。

少なくとも、「土佐」の艦橋から観察した限りでは、大きな損傷を受けたようには見えなかった。

「二回……いや、艦隊戦時の対空戦闘も含めれば、あの艦には三回助けられた。本艦に、というより、空母にとっては守護神のような艦だ」

第一部隊は、「土佐」及び第二部隊と分かれた後、針路を〇度に取って、西進して来る米艦隊を迎え撃った。

「土佐」が西に避退しているため、米艦隊を北方に誘致し、「土佐」から引き離そうとしたのだ。

結果、「土佐」が敵艦隊に襲われることはなく、戦場海面からの離脱に成功したのだ。

「今回は、『赤城』だけではありません。『長門』と『陸奥』が犠牲になっています」

多久丈雄航海長の言葉に、青木は「うむ」と頷いた。

合流して来た第一部隊は、昨夜分かれたときよりも、艦艇が減っている。

何よりも大きいのは、「長門」と「陸奥」——「赤城」と共に、帝国海軍の象徴として、国民に親しまれてきた艦が姿を消していることだ。

通信を傍受したところによれば、「陸奥」は米戦艦の砲撃を受けて轟沈し、「長門」は戦闘力を完全に喪失した。

第一部隊本隊が敵艦隊を引きつけている間に、駆逐艦二隻が「長門」の乗員を救出し、四〇〇名余りを収容したが、その時点では、「長門」はまだ浮かんでいた。

だが夜明け後、第一部隊の「羽黒」が、昨夜の戦場に水上機を飛ばしたときには、「長門」は姿を消していたとの報告電が送られている。

帝国海軍は、米新鋭戦艦との夜戦で、日本に三隻しかなかった四〇センチ砲戦艦のうち、二隻を一度に失ったのだ。

「土佐」は救われたが、そのために払った犠牲は、あまりにも大き過ぎたと言える。

もっとも三川一艦隊長官の目的は、「土佐」を逃がすことだけではなかったようだ。

米軍の新鋭戦艦は一隻だけであり、第一戦隊の戦艦三隻を以てすれば勝てると踏んでいたのだろう。

だが、敵戦艦は予想よりも遥かに強力な敵だったのだ。

「本艦が戦列から離れなければならないというのは、悔しい限りだな。『長門』と『陸奥』の仇を討ちたかったが……」

青木は言った。

小沢二艦隊長官は、米軍の新鋭戦艦に対しては、機動部隊による航空攻撃で沈めようと考えているはずだ。

だが、「土佐」はその戦いに参加できない。

発着艦不能となっていることに加え、速力も大幅に低下している。

「土佐」はパラオに一旦回航された後、応急修理を受けて、内地に帰還することになるだろう。

「二艦隊に合流したら、本艦の搭乗員と整備員、兵器員を、他の空母に移乗させましょう」

楠美正飛行長が具申した。

他の空母では、搭乗員が負傷し、欠員が生じた部隊があるはずだ。

「土佐」の搭乗員を移乗させれば、稼働機を増やせる。

「いいだろう。二艦隊と合流したら、小沢長官にその旨を伝えよう」

青木が頷いたとき、電測室から報告が上げられた。

「対空用電探、感一。方位二六〇度、五〇浬」

青木は一瞬身体をこわばらせたが、すぐに緊張を解いた。

電探が捉えたのは、味方の空母から発進した索敵機だ。

昨夜、第一部隊が敵艦隊と戦っている間に、マリアナの陸攻隊が敵飛行場に夜間爆撃を加えたという。

その戦果を確認するため、トラックに飛ぼうとしているのだろう。

一〇分ほどが経過したとき、西の空から爆音が届き、機影が見え始めた。

高度を高めに取っているため、機体形状ははっきり分からないが、二式艦上偵察機であることは間違いないと思われた。

「土佐」や第一艦隊の艦艇乗員が見守る中、二式艦偵は上空を通過し、トラック環礁に向けて飛び去っていった。

第六章　忍び寄る脅威

1

「二艦隊索敵機の報告電を、直接受信しました」

「読んでくれ」

通信参謀和田雄四郎中佐の報告を受け、大西滝治郎参謀長が命じた。

連合艦隊旗艦「香椎」の長官公室では、昨日——七月一九日早朝から山本五十六司令長官以下の幕僚が戦況を見守っている。

山本は、第一艦隊と米艦隊の夜戦が終息した時点で、幕僚たちに交替で仮眠を取るよう命じたが、眠れた者は少なかったようだ。

和田などは通信文の整理に追われ、一睡（いっすい）もしていない様子だった。

疲労の色を浮かべながらも、和田は直立不動の姿勢を取り、はっきりした声で報告電を読み上げた。

「敵『甲一』『甲二』飛行場トモ滑走路ニ爆弾孔多数。我ヲ迎へ撃ツ敵機ナシ。『甲一』『甲二』ハ壊滅ト認ム。〇六二六（マルロクフタロク）」

「そうか、よし！」

大西が満足の声を上げた。

昨日の航空攻撃が終わった時点で、トラックの米軍飛行場は「甲一」「甲二」の二箇所が残っていた。

小沢二艦隊長官は、トラックの制空権を完全に握るべく、サイパンの第八艦隊に夜間爆撃を要請した。

第八艦隊はこれに応え、サイパン、テニアンの第二二、二三航空戦隊より、一式陸攻九八機をトラックに向かわせた。

連合艦隊司令部では、夜間爆撃の効果に懐疑的だったが、九八機の陸攻は見事に任務を果たし、トラックの敵飛行場に止めを刺したのだ。

「小沢が艦砲射撃を選ばなかったのは、正解だった。下手に戦艦を接近させていたら、敵の戦艦部隊と遭遇し、全滅していたかもしれぬ」

山本が言い、黒島亀人首席参謀が同意した。

「長官のおっしゃる通りです。米太平洋艦隊には、大変な強敵がいることが、昨夜の砲戦ではっきりしましたから」

第一艦隊第一部隊と、新鋭戦艦を擁する米艦隊の夜戦については、連合艦隊司令部でも把握している。

「長門」「陸奥」は、ただ一隻の米戦艦に一蹴され、残った「赤城」は辛うじて戦場から離脱した。

「長門」「陸奥」以外にも、駆逐艦「東雲」「白雲」「浦波」が沈没し、重巡「羽黒」「足柄」が被弾損傷している。

一艦隊司令部は、巡洋艦二隻、駆逐艦五隻の撃沈を報告しているから、善戦したとは言えるが、戦艦同士の砲戦では完敗したのだ。

米海軍は大艦巨砲主義を信奉し、ニューヨーク軍縮条約が明けた後も新鋭戦艦の建造に邁進したが、その恐るべき国力は、日本海軍の戦艦など歯牙にもかけない、恐るべき艦を洋上に送り出したのだ。

小沢二艦隊長官がトラックに対する艦砲射撃を試みていたら、「長門」「陸奥」のみならず、「赤城」までもが失われていたかもしれない。

「我が軍は、艦隊戦では米海軍に勝てない。この現実を、しっかり認識しなくてはならぬだろう」

山本が、重々しい口調で言った。

「敵の戦艦は、あくまで航空攻撃で叩くということですね？」

「その通りだ」

大西の問いに、山本は頷いた。

「敵戦艦には、まず航空機で打撃を与える。水上砲戦を挑むのは、航空機で敵戦艦を撃沈できなかった場合に限定する。この方針を徹底する必要があるだろう」

「トラックの制空権は、我が軍が完全に握ったと判断できます。米太平洋艦隊の戦艦群を叩くことは、充分可能です」

三和義勇作戦参謀が意気込んだ様子で言った。

第二、第三艦隊、及びパラオ、マリアナの基地航空隊に、すぐにでも太平洋艦隊主力への攻撃を命じるべきです、と言いたげだった。

「米太平洋艦隊への攻撃には、日を改めるべきではないでしょうか？　機動部隊は昨日のトラック攻撃で、消耗していると推測されます。各艦隊を一旦パラオに帰還させ、燃料、弾薬を補給した上で、再出撃させた方がよいと考えます」

榊久平航空参謀が発言した。

「それは駄目だ！」

大西が立ち上がって叫んだ。

榊が航空参謀として連合艦隊司令部に配属されて以来、榊の最も良き理解者となり、その意見を後押ししてくれた大西だが、今回は真っ向から反対した。

「時間を空ければ、勝機を逸する。トラックの制空権を奪取した今こそ、太平洋艦隊主力を叩く好機だ。その機会を見送るなど、愚の骨頂だ」

続けて、航海参謀の永田茂中佐が発言した。

「機動部隊の現在位置からパラオに帰還するまでには、二日を要します。補給に一日、トラックまでの航程に更に二日を要しますから、トラックを再び攻撃圏内に収めるのは五日後、すなわち七月二五日となります」

「五日もあれば、トラックの敵飛行場は機能を回復します。序盤でトラックを叩いたことが無意味になります」

三和も、厳しい口調で言った。

「仮にトラックの飛行場が復旧しても、増援は来ません。そのためにクェゼリンを叩き、トラックを孤立させたのです」

榊の反論に、三和は言った。

「増援が来なくても、トラックに残存する敵機が反撃に出る可能性はあります。我が軍はトラックの敵飛行場を全て使用不能に陥れましたが、在地の機体全てを破壊したとの確証はありません」

飛行場攻撃時、敵機全てを地上で撃破するのが理想だが、現実には難しい。

全てを叩いたつもりでも、撃ち漏らしが生じるのが常だ。

江田島卒業後は航空の専門家となる道を選び、搭乗員の経験も豊富な貴官であれば、そのことは分かっているはずだ、と言いたげだった。

「敵飛行場が復旧する恐れはありますが、消耗した状態で無理に攻撃しても、成果は上がりません。時間を少し空ければ、機動部隊の各空母は補用機を組み立てられますし、損傷機の修理も進められます。各艦隊の搭乗員に、休息を取らせることも可能です。各艦隊には、少しでも良好な状態で決戦に臨んで貰いたいと考えますが」

榊の主張に、永田と三和が反論した。

「航空参謀は燃料、弾薬の補給が必要と主張されますが、各艦隊はパラオ出港時に燃料を満載しています。トラックまで往復しただけで、燃料不足に陥るとは考えられません」

「トラック攻撃に使用したのは陸用爆弾のみであり、魚雷は各空母に残っています。魚雷があれば、敵戦艦への攻撃は充分可能です」

「四艦隊がサイパンに帰還するまで待てないでしょうか？」

榊は、強い語調で言った。

クェゼリン攻撃を終えた第四艦隊は、サイパンに帰還した後、同地で燃料・弾薬を補給し、米太平洋艦隊への攻撃に加わる予定だ。

本来なら、既にサイパンに到着しているはずだが、現在のところ、報告がない。

第四艦隊はトラックより出撃した米艦隊の攻撃を回避すべく、迂回航路を取っているためと考えられる。
二、三艦隊に四艦隊の航空兵力を合わせれば、米太平洋艦隊を圧倒できるはずです――と、榊は主張した。
「それは、私も考えていた」

山本が微笑した。

「四艦隊もクェゼリン攻撃で航空兵力を消耗したと思われるが、二、三艦隊と合わせれば、相当数の戦力になるはずだ。三隊の機動部隊で全力攻撃をかければ、米太平洋艦隊の覆滅は可能だ、と」

「四艦隊の状況は不明です。無線を封止していることもあり、現在位置もはっきりしておりません。一、二、三艦隊と基地航空隊で太平洋艦隊を叩く方が、間違いがないのでは？」

「参謀長の懸念も、もっともだが……」

大西の反対意見を受け、山本はしばし思案を巡らした。

「二日だけ待ってはいかがでしょうか？」

榊が提案した。

明後日には、第四艦隊の状況もはっきりするはずだ。

その間、第一、第二、第三艦隊はトラックから距離を置き、補用機の組み立てと損傷機の修理を実施する。

トラックの敵飛行場に対しては、マリアナ、パラオから陸攻による長距離攻撃を反復し、飛行場の復旧作業を妨害する。

グアム島を巡る攻防戦で行った飛行場封じを、トラックに対しても仕掛けるのだ。

「二日か」

山本が、榊の言葉を繰り返した。

腕組みをし、しばし両目を閉ざした。

表情から内心を窺うことはできなかったが、目まぐるしく思考を巡らしていることは確かだ。

間を置かずに米太平洋艦隊を叩くべきか、四艦隊の帰還と合流を待つべきか、迷っているようだった。

ややあって山本が顔を上げたとき、「香椎」の通信室から報告が届いた。

和田通信参謀が受話器を取った。

数語のやり取りの後に受話器を置き、和田は喜色を浮かべて「朗報です」と伝えた。

「四艦隊が本日未明、サイパン島のラウラウ湾に到着しました。燃料、弾薬の補給が完了次第、ＧＦ主力への合流を図ると伝えております」

2

アメリカ合衆国海軍太平洋艦隊の本隊は、トラック環礁Ｌ水道（日本側名称『小田島水道』）の南方海上で、ＴＧ21・1の帰還を迎えた。

「無傷とはいかなかったか」

旗艦「オレゴン」の姿を見て、キンメルは参謀長ウィリアム・スミス少将に言った。

戦艦「ニューハンプシャー」の艦橋から、最新鋭戦艦「オレゴン」の姿を見て、キンメルは参謀長ウィリアム・スミス少将に言った。

「オレゴン」には、被弾の跡が目立つ。

艦体や主砲塔の前楯は黒く汚れ、艦橋や煙突の脇に多数が設けられていた両用砲、機銃も、相当数が失われている。

「ニューハンプシャー」の艦上からは目視できないが、上甲板にも破孔を穿たれているかもしれない。

ただ一隻で日本軍の戦艦三隻、それも四〇センチ砲を装備する「アカギ」「ナガト」「ムツ」を相手にしたのだ。

合衆国海軍最新鋭にして、世界最強の戦艦も、多数の被弾を免れなかったのだ。

「主要防御区画や主砲の前楯は、貫通を許しませんでした。被害を受けたのは、上部構造物のうち、防御力の弱い両用砲や機銃のみです」

首席参謀チャールズ・マックモリス大佐の言葉を受け、キンメルは言った。

「両用砲や機銃よりも、レーダーの損傷が重要だ。現代の海戦では、不可欠の装備だからな」

昨夜の戦闘終了後、ＴＧ21・1司令部より太平洋艦隊司令部に宛て、

「『オレゴン』被弾多数。対水上レーダーのアンテナ損傷。修理の要有りと認む」

との報告が入っている。

両用砲や機銃はともかく、レーダーのアンテナは

緊急性が極めて高い。

「トラックに入泊すれば、修理は可能です」

補給参謀のサミュエル・グレン中佐が言った。

合衆国海軍には、戦艦、空母といった大型艦でも修理できる巨大な浮きドックがあるが、トラックには配備されていない。

その代わりに、工作艦を伴っている。

レーダーの技術者も乗り組んでおり、「オレゴン」が失った対水上レーダーのアンテナも修理が可能だ。

そのためには、波の荒い外洋ではなく、トラックに入泊する必要があった。

「昼間のうちは、入泊は危険です」

航空参謀ケヴィン・パークス中佐が言った。

昨日の空襲により、トラックの飛行場は全て使用不能になっている。

今のトラックに入泊するのは危険だ。

「オレゴン」を修理するのであれば、日没直前に入泊し、夜間に作業を行うべきだ、とパークスは主張した。

「思い切って、マーシャルまで後退してはいかがでしょうか？　マーシャルなら、安全に修理できると考えますが」

「それはできぬ」

グレンの提案を、スミスが却下した。

太平洋艦隊主力がトラックから後退すれば、日本軍が同地の奪回にかかって来る可能性がある。

トラックは、対日戦勝利のために不可欠の重要な根拠地であり、喪失は断じて許されない、とスミスは強い語調で言った。

「航空参謀の主張通り、『オレゴン』の修理は夜間に行う以外にあるまい」

キンメルは言い、少し考えてから付け加えた。

「日本艦隊も『ナガト』と『ムツ』を失い、弱体化している。『オレゴン』の修理完了前に仕掛けて来ることはないだろう。万一の場合には、本艦と『アラバマ』『メイン』が相手をする」

「トラックの飛行場を全てやられたのは、計算外でしたな。海兵隊と陸軍の戦闘機隊が、ヴァルやケイトを撃退してくれると考えていたのですが」

スミスが、苦々(にがにが)しげな口調で言った。

太平洋艦隊司令部は、トラックに配備された3rdMAWのF4Fと、12AFのP38が、来襲する日本機を寄せ付けず、トラックの制空権を確保し続けるものと考えていた。

ところが、日本軍は空母の艦上機と基地航空隊のベティによる空襲を連続して、飛行場全てを使用不能に追い込んだ。

太平洋艦隊の司令部幕僚も、日本機と直接戦った航空部隊の指揮官も、日本軍の攻撃力を見誤っていたとしか言いようがない。

「陸上基地の戦闘機隊でトラックの空を守り、戦艦を始めとする太平洋艦隊の戦闘艦艇でトラックの制海権を確保する」

という目算(もくさん)が狂ったのだ。


「ジャップは第一次攻撃隊をジークのみで編成し、F4F、P38の掃討に努めました。このため、第二次以降の空襲を阻止し切れず、各飛行場を使用不能に陥れられたのです」

パークスの言葉に、スミスが聞き返した。

「ジャップの戦術にしてやられたということかね？」

「おっしゃる通りです。ジークがどれほど力を振り絞っても、ヴァル、ケイト、ベティといった機種を完全に守ることはできません。ジャップは過去の戦訓から、そのことを汲み取っており、最初に戦闘機を掃討するという戦術を採ったのでしょう」

「航空戦の戦術研究については、奴らの方が進んでいる。そのことは、認めざるを得まい」

キンメルは言った。

日本海軍は早い段階で大艦巨砲主義を捨て、空母と航空機を中心とした戦備を拡充した。

航空機の用法については、日本軍の方が一歩進んでいるのだ。

太平洋艦隊の司令長官としては忌々しい限りだが、その現実は認めねばならない。

「TF23が戻って来れば、太平洋艦隊の頭上を守ることができます。三隻のレキシントン級巡戦も、本隊と合流できます。それまでは、敵の空襲に注意しつつ、行動しなければならないでしょう」

マックモリスが言った。

ジョン・S・マッケーン少将が率いるTF23は、クェゼリンを襲った日本艦隊を叩くため、マリアナ諸島の近海で行動中だ。

太平洋艦隊司令部は、トラックの飛行場が使用不能になった時点で、TF23にトラックへの帰還と太平洋艦隊本隊への合流を命じている。

同部隊に所属するエセックス級三隻の存在が、特に大きい。

三隻の新鋭空母があれば、太平洋艦隊主力の頭上は充分守れるはずだ。

キンメルは大きく頷いた。

「TF23が本隊に合流してからが、日本艦隊との本当の勝負だ。戦艦こそが真の海軍の主力であることを、ヤマモトに教えてやろうじゃないか」

3

三隻の空母の甲板上に、エンジンの始動音が響いた。

数十機の艦上戦闘機が立てるアイドリング音が響き合わさり、周囲の海面を渡ってゆく。

クルーは既に搭乗し、発艦命令を待っていた。

「行け(ゴー)！」

の命令と共に、チェッカーフラッグが振られた。

エセックス級空母「イントレピッド」と「バンカー・ヒル」の飛行甲板上で、グラマンF4F〝ワイルドキャット〟が次々と滑走を開始した。

乗組員が拳を突き上げて声援を送る中、次々と甲板上を駆け抜け、上空へと舞い上がってゆく。

エセックス級空母のネームシップ「エセックス」だけは、他の二艦と異なっている。

暖機運転を行っている機体は、Ｆ４Ｆと似た形状を持つが、Ｆ４Ｆよりも一回り大きい。

エンジンの馬力数もＦ４Ｆより大きく、暖機運転音も力強さを感じさせる。

グラマンＦ６Ｆ〝ヘルキャット〟。

グラマン社がＦ４Ｆの後継機として開発し、前線への配備が始まったばかりの新鋭戦闘機が、初めての実戦に臨まんとしていた。

「合流は少し待って貰いますぜ、長官」

ＴＦ23司令官ジョン・Ｓ・マッケーン少将は、旗艦「エセックス」の艦橋で、トラック環礁の沖にいるキンメル太平洋艦隊司令長官に呼びかけた。

当初、ＴＦ23に命じられた任務は、クェゼリンを襲った日本艦隊の撃滅だった。

「奴らは、サイパンに戻って来る」

マッケーンはこのように睨み、サイパン島の南東海上で、日本艦隊を待ち受けた。

敵に発見されれば、マリアナの日本機に攻撃を受ける危険があるが、ＴＦ23は密雲やスコールを利用して姿を隠し、偵察機をやり過ごした。

日本艦隊がサイパンに帰還したのは、この日——七月二〇日の未明だ。

サイパンの周辺で、偵察に当たっていた潜水艦の一隻が、

「敵艦隊、ラウラウ湾に入泊せり」

との報告電を送って来たのだ。

日本艦隊はサイパンで補給を受け、パラオの友軍と合流するつもりであろう。

補給作業中のところを狙えば、空母に直衛戦闘機を発進させる間を与えることなく叩ける。

マリアナの敵航空部隊は、昨夜トラックへの夜間爆撃を敢行した直後であるから、ＴＦ23を攻撃する余裕はないはずだ。

三隻の空母は、艦上機のほとんどを戦闘機で固めているが、Ｆ４Ｆは翼下に二〇〇ポンド爆弾二発の搭載が可能だ。

　空母の飛行甲板を破壊し、発着艦不能に追い込んだところで、三隻のレキシントン級巡洋戦艦を突入させ、止めを刺す。

　勝利を確信していたマッケーンだが、攻撃隊を飛行甲板に上げている真っ最中に、太平洋艦隊司令部から命令電が届いた。

　トラックに帰還し、本隊に合流せよという命令だ。

「攻撃を中止し、トラックに帰還すべきです」

　ＴＦ23の参謀長を務めるビル・マニングス大佐は、そのように具申したが、マッケーンは却下した。

　補給を終えた日本艦隊が友軍に合流すれば、敵は一層強大になる。

　叩けるときに叩いておくべきだ、と判断したのだ。

　ＴＦ23の現在位置は、ラウラウ湾の南東一八〇浬。

　レキシントン級の砲撃で、敵空母に止めを刺す余裕はないが、飛行甲板さえ叩けば、敵空母を戦列外に去らせることはできる。

「本隊への合流が五、六時間ほど遅れることになるが、その数時間で空母六隻を仕留められるのだ。この機会を逃がすのは、愚策というものだ」

　マッケーンはそう主張し、攻撃を強行する道を選んだのだった。

　攻撃隊は一五分ほどで発艦を終え、上空で編隊を組みにかかっている。

　爆音は北西へ――サイパン島がある方角へと遠ざかってゆく。

　爆音を聞きながら、マッケーンはほくそ笑んだ。

「見ていろよ、ジャップ。クェゼリンの借りは、一〇倍にして返してやる」

【第六巻に続く】

ご感想・ご意見は
下記中央公論新社住所、または
e-mail：cnovels@chuko.co.jpまで
お送りください。

C★NOVELS

高速戦艦「赤城」5
——巨艦「オレゴン」

2024年4月25日　初版発行

著　者　横山信義
発行者　安部順一
発行所　中央公論新社
〒100-8152　東京都千代田区大手町1-7-1
電話　販売 03-5299-1730　編集 03-5299-1930
URL https://www.chuko.co.jp/

DTP　平面惑星
印　刷　三晃印刷（本文）
大熊整美堂（カバー・表紙）
製　本　小泉製本

Published by CHUOKORON-SHINSHA, INC.
Printed in Japan　ISBN978-4-12-501480-7 C0293

高速戦艦「赤城」1
帝国包囲陣

横山信義

満州国を巡る日米間交渉は妥協点が見出せぬまま打ち切られ、米国はダニエルズ・プランのもとに建造された四〇センチ砲装備の戦艦一〇隻、巡洋戦艦六隻をハワイとフィリピンに配備する。

ISBN978-4-12-501470-8 C0293　1100円

カバーイラスト　佐藤道明

高速戦艦「赤城」2
「赤城」初陣

横山信義

戦艦の建造を断念し航空主兵主義に転じた連合艦隊は、辛くも米戦艦の撃退に成功した。しかしアジア艦隊撃滅には至らず、また米極東陸軍がバターン半島とコレヒドール要塞で死守の構えに。

ISBN978-4-12-501473-9 C0293　1100円

カバーイラスト　佐藤道明

高速戦艦「赤城」3
巡洋戦艦急襲

横山信義

航空主兵主義に活路を求め、初戦の劣勢を押し返した連合艦隊はついにフィリピンの米国アジア艦隊を撃退。さらに太平洋艦隊に対抗すべく、最後に建造した高速戦艦「赤城」をも投入した。

ISBN978-4-12-501475-3 C0293　1100円

カバーイラスト　佐藤道明

高速戦艦「赤城」4
グアム要塞

横山信義

米艦隊による硫黄島、サイパン島奇襲攻撃は苦闘の末に撃退された。だが、米軍は激戦の裏で密かにグアム島への増援を計画。日米は互いに敵飛行場の破壊と再建の妨害を繰り返す泥沼の状態に。

ISBN978-4-12-501477-7 C0293　1100円

カバーイラスト　佐藤道明

表示価格には税を含みません

連合艦隊西進す 1
日独開戦

横山信義

ソ連と不可侵条約を締結したドイツは勢いのままに大陸を席巻、英本土に上陸し首都ロンドンを陥落させた。東アジアに逃れた英艦隊は日本に亡命。これによりヒトラーの怒りは日本に波及した。

ISBN978-4-12-501456-2 C0293　1000円

カバーイラスト　高荷義之

連合艦隊西進す 2
紅海海戦

横山信義

亡命イギリス政府を保護したことで、ドイツ第三帝国と敵対することになった日本。第二次日英同盟のもとインド洋に進出した連合艦隊は、Uボートの襲撃により主力空母二隻喪失という危機に。

ISBN978-4-12-501459-3 C0293　1000円

カバーイラスト　高荷義之

連合艦隊西進す 3
スエズの彼方

横山信義

英本土奪回を目指す日本・イギリス連合軍にはスエズ運河を押さえ、地中海への航路を確保する必要がある。だが連合軍の前に、北アフリカを堅守するドイツ・イタリア枢軸軍が立ち塞がる！

ISBN978-4-12-501461-6 C0293　1000円

カバーイラスト　高荷義之

連合艦隊西進す 4
地中海攻防

横山信義

ドイツ・イタリア枢軸軍を打ち破り、次の目標である地中海制圧とイタリア打倒に向かう日英連合軍。シチリア島を占領すべく上陸船団を進出させるが、枢軸軍がそれを座視するはずもなく……。

ISBN978-4-12-501463-0 C0293　1000円

カバーイラスト　佐藤道明

連合艦隊西進す５
英本土奪回

横山信義

日英連合軍はアメリカから購入した最新鋭兵器を装備し、悲願の英本土奪還作戦を開始。ドイツも海軍に編入した英国製戦艦を出撃させる。ここに、前代未聞の英国艦戦同士の戦いが開始される。

ISBN978-4-12-501465-4 C0293　1000円

カバーイラスト　佐藤道明

連合艦隊西進す６
北海のラグナロク

横山信義

日英連合軍による英本土奪還が目前に迫る中、ドイツ軍に、ヒトラー総統からロンドン周辺地域の死守命令が下された。英国政府は市街戦を避け、兵糧攻めにして降伏に追い込むしかないと決断。

ISBN978-4-12-501468-5 C0293　1000円

カバーイラスト　佐藤道明

烈火の太洋１
セイロン島沖海戦

横山信義

昭和一四年ドイツ・イタリアとの同盟を締結した日本は、ドイツのポーランド進撃を契機に参戦に踏み切る。連合艦隊はインド洋へと進出するが、そこにはイギリス海軍の最強戦艦が——。

ISBN978-4-12-501437-1 C0293　1000円

カバーイラスト　高荷義之

烈火の太洋２
太平洋艦隊急進

横山信義

アメリカがついに参戦！　フィリピン救援を目指す米太平洋艦隊は四〇センチ砲戦艦コロラド級三隻を押し立てて決戦を迫る。だが長門、陸奥という主力を欠いた連合艦隊に打つ手はあるのか⁉

ISBN978-4-12-501440-1 C0293　1000円

カバーイラスト　高荷義之

表示価格には税を含みません

烈火の太洋 3
ラバウル進攻

横山信義

ラバウル進攻命令が軍令部より下り、主力戦艦を欠いた連合艦隊は空母を結集した機動部隊を編成。米太平洋艦隊も空母を中心とした艦隊を送り出した。ここに、史上最大の海空戦が開始される！

ISBN978-4-12-501442-5 C0293　1000円
カバーイラスト　高荷義之

烈火の太洋 4
中部ソロモン攻防

横山信義

海上戦力が激減した米軍は航空兵力を集中し、ニューギニア、ラバウルへと前進する連合艦隊に対抗。膠着状態となった戦線に、山本五十六は新鋭戦艦「大和」「武蔵」で迎え撃つことを決断。

ISBN978-4-12-501448-7 C0293　1000円
カバーイラスト　高荷義之

烈火の太洋 5
反攻の巨浪

横山信義

米軍の戦略目標はマリアナ諸島。連合艦隊はトラックを死守すべきか。それとも撃って出て、米軍根拠地を攻撃すべきか？　連合艦隊の総力を結集した第一機動艦隊が出撃する先は——。

ISBN978-4-12-501450-0 C0293　1000円
カバーイラスト　高荷義之

烈火の太洋 6
消えゆく烈火

横山信義

トラック沖海戦において米海軍の撃退に成功したものの、連合艦隊の被害も甚大なものとなった。彼我の勢力は完全に逆転。トラックは連日の空襲に晒される。そこで下された苦渋の決断とは。

ISBN978-4-12-501452-4 C0293　1000円
カバーイラスト　高荷義之

荒海の槍騎兵 1

連合艦隊分断

横山信義

昭和一六年、日米両国の関係はもはや戦争を回避できぬところまで悪化。連合艦隊は開戦に向けて主砲すべてを高角砲に換装した防空巡洋艦「青葉」「加古」を前線に送り出す。新シリーズ開幕！

ISBN978-4-12-501419-7 C0293　1000円　　カバーイラスト　高荷義之

荒海の槍騎兵 2

激闘南シナ海

横山信義

「プリンス・オブ・ウェールズ」に攻撃される南遣艦隊。連合艦隊主力は機動部隊と合流し急ぎ南下。敵味方ともに空母を擁する艦隊同士――史上初・空母対空母の大海戦が南シナ海で始まった！

ISBN978-4-12-501421-0 C0293　1000円　　カバーイラスト　高荷義之

荒海の槍騎兵 3

中部太平洋急襲

横山信義

集結した連合艦隊の猛反撃により米英主力は撃破された。太平洋艦隊新司令長官ニミッツは大西洋から回航された空母群を真珠湾から呼び寄せ、連合艦隊の戦力を叩く作戦を打ち出した！

ISBN978-4-12-501423-4 C0293　1000円　　カバーイラスト　高荷義之

荒海の槍騎兵 4

試練の機動部隊

横山信義

機動部隊をおびき出す米海軍の作戦は失敗。だが日米両軍ともに損害は大きかった。一年半余、ついに米太平洋艦隊は再建。新鋭空母エセックス級の群れが新型艦上機隊を搭載し出撃！

ISBN978-4-12-501428-9 C0293　1000円　　カバーイラスト　高荷義之

表示価格には税を含みません

荒海の槍騎兵 5
奮迅の鹵獲戦艦
横山信義

中部太平洋最大の根拠地であるトラックを失った連合艦隊。おそらく、次の戦場で日本の命運は決する。だが、連合艦隊には米艦隊と正面から戦う力は失われていた――。

ISBN978-4-12-501431-9 C0293　1000円
カバーイラスト　高荷義之

荒海の槍騎兵 6
運命の一撃
横山信義

機動部隊は開戦以来の連戦により、戦力の大半を失ってしまう。新司令長官小沢は、機動部隊を囮とし、米海軍空母部隊を戦場から引き離す作戦で賭に出る！　シリーズ完結。

ISBN978-4-12-501435-7 C0293　1000円
カバーイラスト　高荷義之

蒼洋の城塞 1
ドゥリットル邀撃
横山信義

演習中の潜水艦がドゥリットル空襲を阻止。これを受け大本営は大きく戦略方針を転換し、ＭＯ作戦の完遂を急ぐのだが……。鉄壁の護りで敵国を迎え撃つ新シリーズ！

ISBN978-4-12-501402-9 C0293　980円
カバーイラスト　高荷義之

蒼洋の城塞 2
豪州本土強襲
横山信義

ＭＯ作戦完遂の大戦果を上げた日本軍。これを受け山本五十六はＭＩ作戦中止を決定。標的をガダルカナルとソロモン諸島に変更するが……。鉄壁の護りを誇る皇国を描くシリーズ第二弾。

ISBN978-4-12-501404-3 C0293　980円
カバーイラスト　高荷義之

蒼洋の城塞 3
英国艦隊参陣

横山信義

ポート・モレスビーを攻略した日本に対し、ついに英国が参戦を決定。「キング・ジョージ五世」と「大和」。巨大戦艦同士の決戦が幕を開ける！

ISBN978-4-12-501408-1 C0293　980円

カバーイラスト　高荷義之

蒼洋の城塞 4
ソロモンの堅陣

横山信義

珊瑚海に現れた米国の四隻の新型空母。空では、敵機の背後を取るはずが逆に距離を詰められていく零戦機。珊瑚海にて四たび激突する日米艦隊。戦いは新たな局面へ——。

ISBN978-4-12-501410-4 C0293　980円

カバーイラスト　高荷義之

蒼洋の城塞 5
マーシャル機動戦

横山信義

新型戦闘機の登場によって零戦は苦戦を強いられ、米軍はその国力に物を言わせて艦隊を増強。日本はこのまま米国の巨大な物量に押し切られてしまうのか⁉

ISBN978-4-12-501415-9 C0293　980円

カバーイラスト　高荷義之

蒼洋の城塞 6
城塞燃ゆ

横山信義

敵機は「大和」「武蔵」だけを狙ってきた。この二戦艦さえ仕留めれば艦隊戦に勝利する。米軍はそれを熟知するがゆえに、大攻勢をかけてくる。大和型×アイオワ級の最終決戦の行方は？

ISBN978-4-12-501418-0 C0293　980円

カバーイラスト　高荷義之

表示価格には税を含みません

アメリカ陥落 1
異常気象

大石英司

アメリカ分断を招きかねない“大陪審”の判決前夜。テキサスの田舎町を襲った竜巻の爪痕から、異様な死体が見つかった……迫真の新シリーズ、堂々開幕！

ISBN978-4-12-501471-5 C0293　1100円　カバーイラスト　安田忠幸

アメリカ陥落 2
大暴動

大石英司

ワシントン州中部、人口八千人の小さな町クインシー。ＧＡＦＡＭ始め、世界中のデータ・センターがあるこの町に、数千の暴徒が迫っていた――某勢力の煽動の下、クインシーの戦い、開戦！

ISBN978-4-12-501472-2 C0293　1100円　カバーイラスト　安田忠幸

アメリカ陥落 3
全米抵抗運動

大石英司

統治機能を喪失し、ディストピア化しつつあるアメリカ。ヤキマにいたサイレント・コア部隊は邦人救出のため、一路ロスへ向かうが――。

ISBN978-4-12-501474-6 C0293　1100円　カバーイラスト　安田忠幸

アメリカ陥落 4
東太平洋の荒波

大石英司

空港での激闘から一夜、ＬＡ市内では連続殺人犯の追跡捜査が新たな展開を迎えていた。その頃、シアトル沖では、ついに中国の東征艦隊と海上自衛隊第四護衛隊群が激突しようとしていた――。

ISBN978-4-12-501476-0 C0293　1100円　カバーイラスト　安田忠幸

パラドックス戦争　上
デフコン3

大石英司

逮捕直後に犯人が死亡する不可解な連続通り魔事件。核保有国を震わせる核兵器の異常挙動。そして二一世紀末の火星で発見された正体不明の遺跡……。謎が謎を呼ぶ怒濤のＳＦ開幕！

ISBN978-4-12-501466-1 C0293　1000円　カバーイラスト　安田忠幸

パラドックス戦争　下
ドゥームズデイ

大石英司

正体不明のＡＩコロッサスが仕掛ける核の脅威！乗っ取られたＮＧＡＤを追うべく、米ペンタゴンのM·Aはサイレント·コア部隊と共闘するが……。世界を狂わせるパラドックスの謎を追え！

ISBN978-4-12-501467-8 C0293　1000円　カバーイラスト　安田忠幸

台湾侵攻 1
最後通牒

大石英司

人民解放軍が大艦隊による台湾侵攻を開始した。一方、中国の特殊部隊の暗躍でブラックアウトした東京にもミサイルが着弾……日本・台湾・米国の連合軍は中国の大攻勢を食い止められるのか！

ISBN978-4-12-501445-6 C0293　1000円　カバーイラスト　安田忠幸

台湾侵攻 2
着上陸侵攻

大石英司

台湾西岸に上陸した人民解放軍２万人を殲滅した台湾軍に、軍神・雷炎擁する部隊が奇襲を仕掛ける——邦人退避任務に〈サイレント・コア〉原田小隊も出動し、ついに司馬光がバヨネットを握る！

ISBN978-4-12-501447-0 C0293　1000円　カバーイラスト　安田忠幸

表示価格には税を含みません

台湾侵攻 3
電撃戦

大石英司

台湾鐵軍部隊の猛攻を躱した、軍神雷炎擁する人民解放軍第164海軍陸戦兵旅団。舞台は、自然保護区と高層ビル群が隣り合う紅樹林地区へ。後に「地獄の夜」と呼ばれる最低最悪の激戦が始まる！

ISBN978-4-12-501449-4 C0293　1000円　カバーイラスト　安田忠幸

台湾侵攻 4
第2梯団上陸

大石英司

決死の作戦で「紅樹林の地獄の夜」を辛くも凌いだ台湾軍。しかし、圧倒的物量を誇る中国第２梯団が台湾南西部に到着する。その頃日本には、新たに12発もの弾道弾が向かっていた——。

ISBN978-4-12-501451-7 C0293　1000円　カバーイラスト　安田忠幸

台湾侵攻 5
空中機動旅団

大石英司

驚異的な機動力を誇る空中機動旅団の投入により、台湾中部の濁水渓戦線を制した人民解放軍。人口300万人を抱える台中市に第２梯団が迫る中、日本からコンビニ支援部隊が上陸しつつあった。

ISBN978-4-12-501453-1 C0293　1000円　カバーイラスト　安田忠幸

台湾侵攻 6
日本参戦

大石英司

台中市陥落を受け、ついに日本が動き出した。水陸機動団ほか諸部隊を、海空と連動して台湾に上陸させる計画を策定する。人民解放軍を驚愕させるその作戦の名は、玉山（ユイシャン）——。

ISBN978-4-12-501455-5 C0293　1000円　カバーイラスト　安田忠幸

台湾侵攻 7
首都侵攻

大石英司

時を同じくして、土門率いる水機団と“サイレント・コア”部隊、そして人民解放軍の空挺兵が台湾に降り立った。戦闘の焦点は台北近郊、少年烈士団が詰める桃園国際空港エリアへ――！

ISBN978-4-12-501458-6 C0293　1000円　　カバーイラスト　安田忠幸

台湾侵攻 8
戦争の犬たち

大石英司

奇妙な膠着状態を見せる新竹地区にサイレント・コア原田小隊が到着、その頃、少年烈士団が詰める桃園国際空港には、中国の傭兵部隊がＡＩ制御の新たな殺人兵器を投入しようとしていた……

ISBN978-4-12-501460-9 C0293　1000円　　カバーイラスト　安田忠幸

台湾侵攻 9
ドローン戦争

大石英司

中国人民解放軍が作りだした人工雲は、日台両軍を未曽有の混乱に陥れた。そのさなかに送り込まれた第３梯団を水際で迎え撃つため、陸海空で文字どおり〝五里霧中〟の死闘が始まる！

ISBN978-4-12-501462-3 C0293　1000円　　カバーイラスト　安田忠幸

台湾侵攻10
絶対防衛線

大石英司

ついに台湾上陸を果たした中国の第３梯団。解放軍を止める絶対防衛線を定め、台湾軍と自衛隊、“サイレント・コア”部隊が総力戦に臨む！　大いなる犠牲を経て、台湾は平和を取り戻せるか！

ISBN978-4-12-501464-7 C0293　1000円　　カバーイラスト　安田忠幸

表示価格には税を含みません